U0437303

独木舟
2020巡签
厦门站

此时不必问去哪里

独木舟（著）

山东文艺出版社

果麦文化 出品

我们也许不在同一条船上，
但我们在同一场风暴里。

第一部分

(1)

下午三点,监测空气质量的 APP 显示着"优",建议开窗获取洁净新鲜的空气。

空空把单人床上的枕套、被套和床单全扯了下来,扔进了洗衣机。她往滚筒里倒了一些玫瑰香味的洗衣香珠,又倒了适量的衣物消毒液,然后是洗衣液和柔顺剂。

为什么现在的洗涤用品要搞得这么复杂烦琐?她吁了一口气,飘散在从窗口吹进来的春风里。

洗衣机以水温30℃,完成时间四十分钟的模式在运转着。

她从餐厅里搬来一把木椅子,坐在小阳台上,一边听着洗衣机轰隆隆的转响声,一边读手里的《五号屠场》。

这本书是她从书房的书架上拿的，不是她从家里带来的，这是陈可为的。

自从空空住进来之后，陈可为就很少再进书房，他把自己的笔记本电脑、PS4和一部分游戏光碟都搬进了卧室，毫无保留地将书房让给她，尽可能地确保她有一片相对独立和自由的空间。

对于陈可为的慷慨，空空内心是感激的，她一开始认定这只是一个过渡时期，只要找到合适的地方，她就会马上搬走。

她只是没想到，时间会过得这么快——第一周刚刚过去，紧接着一个月就过去了，而现在已经是她住在这里的第二个月了。

陈可为从来没说过任何让她不自在的话，没有做过任何暗示她"你只是暂住"的事情，他没有给过她一丁点儿压力，正相反，他似乎对眼前这种共同的生活还很满意。

两三个月前，空空原本的房东突然打电话来说要卖房子，在她根本还不明白发生了什么事的时候，房产中介就带着一批又一批买主上门看房，大多数时候是两三对夫妻一起。大家都很有礼貌，会提前打电话约在空空方便的时候，进门之前点头微笑，换上一次性鞋套，每个人都把"不好意思，打扰了"挂在嘴上，他们从厨房看到卧室，仔细检查每一个细节，连洗手间和浴室的角落也不曾放过——有那么一两次，空空突然想起自己前一天洗完澡换下的衣服还挂在浴室里，可临时去收也已经来不及了。

在陌生人面前，她的生活隐私暴露得很彻底。虽然没有严重到需要考虑尊严的程度，但空空也觉得无法继续忍受了。

"这种事很多人都遇到过，经历过，"禾苏在电话里说，"我们公司有个同事，去年房东家孩子要结婚，房东突然就说不租给她了，赔了她两个月租金，押金全退，就完事儿了。"

"那你同事呢？就这样算了？"空空有些难以置信。

禾苏比她更惊讶："不然呢？难道去告房东？"

"可是，难道，不应该努力维护自身权益吗？"空空听见这些话从自己嘴里说出来，还没等到禾苏做出反应，她已经闻到这些话里充斥着的愚蠢的气味了。

"想想时间成本啊，碧薇，这是北京，时间比钱更值钱，"禾苏叹了口气，那语气像是在教导一个涉世未深的青少年，又或者是在教训一个已然慢于时代发展的中老年人，"我劝你不要想那些有的没的，抓紧时间找房子吧，我也帮你留意一下，打听一下。"

空空没再说什么。

禾苏是她在北京为数不多可以称得上是朋友的人之一，但很多时候，空空也知道这个所谓的朋友关系是掺了水分的：事实上，她并不是很喜欢禾苏——没有到讨厌的地步，但就是无法做到真正的亲密。"也许是因为我们的质地根本不同",空空给出了这样一个或许只有自己能够理解的解释。

但禾苏好像对此毫不知情,她依然保有学生时代就具备的、在现在看来似乎有点儿多余的对他人的热情。她说"帮你打听一下"并不是敷衍,当天晚些时候,她就给陈可为发了微信:"你有认识的人最近要出租房子吗?"

"不知道啊,没留意,你想换地方住?"

"不是我,是碧薇啦。"

接到陈可为电话之前的两个小时,空空刚跟着房产中介看完一套老式居民房。那是过去某个单位的宿舍楼,建造于二十世纪八十年代末,比空空还要大几岁,没电梯,要爬六层楼,所有的家具和电器都像是从二十世纪遗留下来的,看起来比人还要疲惫。

空空像那些来看她住的地方的人一样检查这个房子的边边角角,最后做出了一个判断:这个房子不应该是这样的价格,这样的价格就不应该是这样的房子。

中介小哥把她带到窗边,指了指窗外。空空根本分不清哪边是东哪边是西,只听见小哥说:"姐,你看看这地段啊,走十分钟就是工体,再过去,那就是三里屯啊。"

空空没接话,只是在心里想:可是我并不需要"三里屯"啊。

跟中介小哥分开之后，她去了附近的星巴克，买了一杯超大杯的冰美式，然后在露天的位子坐下来。一时陷入了茫然，思绪里有大片的空白。她已经回忆不起来当初找第一套房子时为什么那么顺利，等到咖啡喝掉一半的时候，她终于醒过神来。

当初是禾苏和陈可为陪她一起去找的，这两位在北京已经生活和工作了超过五年的朋友——尤其是陈可为，他从上学时就已经在这里了——为空空提供了宝贵的经验和帮助。她想起来了，她签好租赁合同的那天，他们三个人还一起吃了顿饭，在一家东南亚菜餐厅，那是禾苏推荐的，禾苏喜欢那家的青木瓜沙拉和咖喱蟹。

禾苏那天说："碧薇，有时间我们一起去清迈玩吧，我之前去过一次，好喜欢的。还有你，"她转向陈可为，"你不是也单身吗？允许你和我们一起去。"

那一天的画面成了空空的回忆匣子里一些无意义的碎片，她和他们在一起的时候总是心不在焉，所以她对自己和陈可为是怎样应答禾苏的这个基本没有可能性的提议毫无印象。

咖啡快要喝完的时候，她的手机在桌子上震了起来。

是陈可为打来的，他快要下班了，问她在哪里，有没有时间一起吃晚饭。她说了地址，陈可为想了一下，那附近有家不错的日料："你先去占位，我晚点儿过去找你。"

挂掉电话，空空才意识到，她已经一天没有吃东西了，咖啡刺激了肠胃，带来轻微的抽搐，比疲倦更强烈和真实的饥饿感攫取了她。

陈可为从日料店门口走进来,空空一眼就看见了他,冲他招了招手,小声地喊了一句"这里"。他点点头,表示看到了。

陈可为稍微扫了一遍菜单,很快就决定了点什么。空空一直认为这种小事情也能反映出一个人的性格,她自己经常遇到这种困境——把菜单翻烂了也不知道到底该吃什么。

穿着日式浴衣的服务员很快端上来芥末章鱼、甜虾和一杯空空自己点的兑了苏打的柚子酒。在短暂的沉默里,空空感觉陈可为今天叫她吃饭不是心血来潮。

果然,他喝了一口可乐之后,开门见山地说:"禾苏说你又在找房子,找到合适的了吗?"

空空没想到陈可为会知道,但立刻又觉得这也没什么不能让他知道的,于是坦白地承认:"没有。我现在回想起来,如果之前没有你和禾苏帮忙,我大概也不可能那么快找到现在住的地方。"

"说了还有多久让你搬吗?"

"倒是没限制得太死。但我自己觉得是越快越好吧,隔三岔五就来一群人看房子,你都无法想象有多烦。"空空说。

陈可为微微地笑了一下,没有戳穿她的自以为是——怎么可能无法想象,他又不是毕业第一天就住进了写着自己名字的房子里。空空皱着眉头,轻声抱怨的样子,让他想起了自己的一些小师妹,她们刚进入社会时期,还带着一些青涩和活泼,可她明明和自己是同龄。

服务员又端来天妇罗和鳗鱼饭。趁着这个空当，陈可为说出了那句在下班路上想了一路的话："我家有间空房，你先过来住吧。"

咔嚓一声，空空掰开木筷子，愣住，她明显没有想到对话会往这个方向发展。

陈可为有些心虚，在对方的注视下故作轻松地解释："你不要误会，我没有别的意思，只是觉得你刚来不久，很多事情还没有做好准备，我又正好帮得上忙。我家书房有张单人床，之前我父母偶尔过来看我，我会把卧室让给他们，自己睡书房，书房平时就是空着的，我想空着也是空着……"

分明是清清白白不藏邪念的事，可他忽然就有点儿说不下去了。

"可是，如果我住过去，你带姑娘回家的时候怎么办？"空空一点儿也没觉察到自己的话有某种歧义，她已经开始认真考虑陈可为的提议了，"肯定不方便呀，你们不怕尴尬我都怕。"

陈可为差点儿笑出声音来，在他原来的预想中，空空首先在意的应该是更现实的部分，比如，"是给我白住呢，还是让我付钱呢，付钱的话该怎么算呢"之类的，他没料到她提出的第一个困难竟然是这个。

她还在说："这不算我杞人忧天对吧？你这个年纪有约会对

象、感情生活、需求什么的,再正常不过了……"

陈可为端着可乐,凝视着空空一张一翕的嘴,思绪有些飘荡,他心里的类似于碳酸饮料中的小气泡的东西,一个接一个地爆掉,迸发出不易发觉的快乐。

"你可以放心啦,我觉得暂时没有这个可能,我已经很长时间没有约会了,上一次被家里安排去认识个女生,吃完饭大家就没再联系了。"

他停顿了一下:"你还有其他顾虑吗,比如要不要给我钱?"

"噢,我觉得那倒是小事,我还有点儿积蓄,"空空说,"再说我也不会一直待下去,这只是一个过渡时期,对吧?"

"一直待下去也没关系,"陈可为终于彻底松弛下来,那种从收到禾苏微信开始就一直悬在他心头的颤颤巍巍的犹疑,终于消失殆尽,他很高兴事情进展得这么顺利,"我们是朋友啊,如果今天我们的处境掉转过来,你也会这样做的。"

"我不会,"空空盯着他,过了几秒钟,她说,"我可不能保证自己不带男人回来。"

她说完,自己先笑了起来,鼻子上有些细细的笑纹,她露出两颗明显比其他牙齿要大一点儿的门牙,像只兔子,这个表情让她看上去比实际年龄要小几岁。

只要多分一点儿注意力在别人身上,空空应该能发现,她搬进陈可为家里的那天,禾苏的神情其实是有些不自然的。但空空所有心思都集中在自己那两箱行李上，理所当然地忽略掉了潜藏在水面底下的某些事实。

周末的下午，房东和中介小哥一起过来办退租，简单地清点完交割单上的物品，一切很快就结束了。空空有点儿不相信，之前在电话里颐指气使的那个人，一下子又变成了眼前这个和善的叔叔，在她交出钥匙的时候，甚至有点儿温柔地对她说："小姑娘，你留着我电话，有什么需要帮忙的事情可以找叔叔。"

很奇怪，一旦没有利益关系了，谁都可以是个好人。

出于一种强迫症似的洁癖，空空很快就删掉了叔叔的号码，她不知道别人的手机里有多少个可能一辈子也不会打几次的号码，但她希望自己的通讯录尽可能保持简洁。

她穿着白衬衣和牛仔裤，坐在行李箱上，等着陈可为的车，穿着一双泛黄的旧球鞋的脚在空中晃荡着。趁着这点儿空当，她从包里拿出了一支口红，对着手机的前置摄像头涂了起来，随意到没有一点儿仪态，自己却根本不在乎。

她并不知道这个画面会被陈可为看在眼内，并且记住许多年。

过了一会儿，一辆白色奥迪停在离她不远的地方，副驾驶的车窗降下来，禾苏伸出头来："碧薇，来了。"

空空不是没有尝试过纠正禾苏——"叫空空不行吗？"可是禾苏就像故意要和她作对似的，每次见面都坚持叫她的本名。

"我认识你的时候你就叫李碧薇,你身份证上的名字也叫李碧薇,为什么非要叫你空空?你不觉得有点儿矫情吗?"禾苏理直气壮地反驳过,以一种好朋友之间不怕说真话的态度。她不怕得罪空空,她也不觉得这会得罪空空。

空空没有再坚持,她已经二十六岁了,知道世界上有些事情无论你多想把握主动权终究也是徒劳,况且禾苏对于她来说并不是重要的人,不重要的人就无法给你带来真正的挫败感。

和空空一样,禾苏也是第一次到陈可为家里来。她们都有点儿惊讶于他家的整洁干净,在陈可为没注意的时候,两个女生互相传递了一个眼神,那种默契是在说:原来不是所有男生住的地方都是一团糟。

陈可为把空空的箱子推进了书房,从冰箱里拿了两瓶矿泉水,跟在参观他家的两个姑娘后面,有点儿窘迫和不知所措。

禾苏先发表意见:"陈可为,你品位蛮好的嘛,我最喜欢这种原木色的家具了,窗帘也蛮好看的,是你自己选的吗?"

"我就是照着一本介绍日系家居的书弄的,和做设计的朋友聊过,他们说这种性冷淡风格性价比最高,"陈可为把水递给她们,"我前前后后忙了小半年,只有周末有时间,幸好碰上个靠谱的工头,很多小事儿他都帮我弄了。"

"自己一个人搞装修,我真是佩服你。"禾苏挑着眉说。

空空一直没出声,她不太敢说自己其实不是很听得懂他们的对话,而且直到这个时候,她才知道原来这是陈可为自己的房子。

"你买的啊？"她傻乎乎地问了一句。

陈可为还没来得及回答，禾苏已经抢先了："你不知道吗？他去年上半年买的，刚好赶在房价暴涨之前……欸，说起来你运气真的太好了，"她转过去对着陈可为说，"还有车牌，你怎么三年就摇中了？我们公司有人摇了五六年都没戏。"

陈可为不知道该怎么回答关于运气的事，他脸上又出现了那种存在于空空记忆里的、属于校园时期的腼腆笑容。

接下来禾苏还说了一些别的，但空空已经没听进去了，那些名词对于她来说实在有些陌生，好像是另一个世界里的了不得的东西，但对于她来说并没有分量。

她走进了书房，看了看那张单人床，又转身看向塞得满满的书架，上面有很多书是她感兴趣的——这好像是今天最值得她高兴的事情。

"你随便看就是了，"陈可为跟在她身后说，"如果你想把你的书放上去，我可以抽时间整理一下，给你腾一排出来。"

"不用了，我没带多少书。谢谢你啊，"空空又强调了一遍，"谢谢你让我先住在这里。"

她丝毫不关心他买房、装修、摇号这些事和这些事背后所衍生的意味，更没有兴趣追问任何细节，比如，"父母出了多少首付，每个月房贷多少，车位是自己的吗"，这些他的日常事务是她眼中遥远的幻境，他明白这一点的时候心里有种微妙的感受，既似失落，又似与失落完全相反的东西。

"周末外面到处都是人，我们叫东西吃吧，"禾苏提议说，"然后一起看个电影，你这儿不是有一堆蓝光碟吗，找一个大家都爱看的投着放吧。"

禾苏在很多时候都能充当那个拿主意的人，她是天生的组织者和热心肠。在陈可为去找碟的时候，她已经迅速地打开外卖APP，定位了这里，下单叫了比萨、鸡翅和意面。空空坐在沙发上，有点儿无所适从，她紧紧地握着那瓶已经恢复了常温的矿泉水，被动地等待着进入下一个步骤。

他们一起看了一部皮克斯的动画片。外卖没有吃完，陈可为把剩下的都装进垃圾袋，扔去了楼道里的垃圾桶。他进门的时候，禾苏已经拎上包，说自己该回去了。

"空空，我去送禾苏坐车，你就别下去了，你先洗澡吧。"陈可为说。空空看到站在玄关处的禾苏意味不明地笑了一下，但她只是说了一句："好的。"

"我不懂，你为什么不叫她碧薇？"

在小区门口，禾苏一边看着手机上显示的车辆距离，一边貌似无意地和陈可为聊起这个问题："不觉得有点儿搞笑吗？"

"还好吧，只是个昵称而已，有些不熟的人还以微信昵称互相称呼呢，我觉得不值得小题大做。"

"呵呵,"禾苏冷冷地笑了一声,"陈可为,你别以为我不知道你想什么。"

他像是有点儿不耐烦,但其实是被人看穿了的恼羞成怒:"那你很厉害啊,我自己都不知道自己在想什么。好了,你的车来了,上车吧,到家了给我发条微信说一声。"

当他独自从小区门口慢慢往回走的时候,禾苏说的那句话又在他脑中浮现出来。他当然明白她意有所指,可是现阶段他也并没有特别明确的目的。邀请空空过来住——这个念头在他刚得知她的境况时就自然而然地冒出来了,像本能的反应。

是有好感,再明确点儿说,是有想要发展的意愿。这根纤细的线一直缠绕着他某根神经,从那年春节的聚会开始,但那时她在他的日常生活范围之外一千六百多公里的地方,现实的距离让他打消了这个念头。可是现在不一样了,她来了北京,而且怀着一种想要长期驻扎下去的决心。

这对于他们彼此来说都是一个契机。

陈可为进家门的时候,空空已经洗完澡了,没想到她的速度会这么快,他有点儿意外。她用一块芥末黄的毛巾紧紧地裹着头发。

不知道为什么,她此刻看起来比之前要更像她自己。

"我看到冰箱里有瓶起泡酒,我能喝一杯吗?"空空问。

当她开始喝酒的时候,她整个人都放松了,开始有一搭没一搭地和陈可为聊起天来。

"你平时的生活节奏是什么样的？我觉得稍微了解一下比较好，这样我就能尽量不影响你，"空空说，"有什么需要我特别注意的，不要越界的事，也请你说一说。"

"我周一到周五上班，早上八点半出发，下午六点下班，加班的时候说不准。通常周二和周四下班后会去健身房跑一个小时步，再带份简餐回来吃。周末没有固定安排，偶尔会和朋友吃吃饭，聚一聚，没人约的话就待在家里打打游戏，看看书。"

空空挑起眉毛，点点头："听起来很闷啊。"

"到这个年纪，大部分人的生活就是这样了，没那么多有意思的事，"陈可为笑笑，"互联网把所有人的精力都榨干了，在我们小时候这是不可想象的。"

"父母没有和你谈过结婚的事吗？"空空问。

"有时候会提几句，但大方向来说还是尊重我自己的意思……你呢？"陈可为忽然发现聊的内容全是关于他的，她根本没提到自己，"你有什么计划吗？"

"哪方面？"她已经喝光了一杯，正在迟疑着要不要继续喝。

"随便说说呗，你为什么来北京，是有什么想做的事情，还是有什么好机会，有人叫你来的？"

空空放下玻璃杯，望向窗外，这一刻她的眼睛里仿佛笼罩着一层薄薄的雾,那里头藏匿着一个人深沉的秘密。但当她眨了眨眼睛之后,那个秘密就跌进了黑暗中,再也没有露出任何端倪。

"之前我在周刊的时候,有个带我的前辈,或者叫老师?总之现在算是我老板吧。她早几年过来北京做新媒体,正好赶上了那阵风,运气不错,找到了投资人,自己出来做了公司,业务扩展得挺快,现在说是要进军影视了,想组个搞内容的团队,招一两个文学策划什么的,就想起我了。"

听她说这些的时候,陈可为有个感觉——这不是她自己的语言,她只是像鹦鹉学舌一样在把别人告诉她的事情,用别人的话语重复了一遍。从她那副漫不经心的神态能看出来,这或许是促使她来这里的理由之一,但绝不是那个秘密的内核。

"再说,我也想出来待一待,看一看,"空空有点儿不好意思地笑了,"我从小到大都在同一个城市念书、工作,不像你,大学就在北京上的,也不像禾苏,毕业就跑来了。我比你们迟了很多步,我也说不清楚,其实我觉得我一直在为人生中很重要的几件事做准备,可是准备了这么久,也没有一件做出来的,这让我有点儿看不起自己,你大概不能理解吧……"

她说得没错,陈可为确实理解不了,但这个瞬间,他感应到了她的真实。

"你说的人生中很重要的几件事是什么?"过了一会儿,他才问出来,希望没有冒犯到她。

"啊,哈哈,那个啊……"她用假笑掩饰了真正的情绪,"等我做成了再和你说吧,至少等我真的做成一件。"

半夜,空空醒来,喉咙里干得像是呛了把沙子,对于一个从小生长在南方的人来说,适应北京的气候是需要一段时间的。她从床上爬起来,蹑手蹑脚地去客厅倒水喝,路过陈可为的卧室时,她发现门关得紧紧的。

等她喝完水,回到书房,轻轻推上门的时候,一个有点儿奇怪的想法从她并不清醒的脑子里蹿了出来。

他的门虽然紧闭,但却像是允许人随时推开,而她的门虽然留着一道宽宽的缝,却明明白白表达着请勿打扰。

(2)

所谓的内容团队其实根本还在雏形阶段,团队只有三个人,除了空空之外,另外两人都是刚毕业不久的女孩,比她小四五岁,比较安静的叫琪琪,活泼点儿的叫晓楠。

大家互相介绍的时候,空空还是依照自己一贯的准则:"叫我空空就行,虽然我大几岁,不过你们不用叫姐,更不用叫老师。"

来北京之前,她就听说过,在这里只要是和文化相关的行业,大家都互称老师——她觉得既荒诞又可笑:如果我叫你老师，你能教我什么？如果你叫我老师，我怎么好意思？

部门刚设立，老板暂时也没有具体的事情安排给她们，在工作量严重不饱和的情况下，大家上班的初期都在名正言顺地摸鱼。

到了中午，琪琪和晓楠会叫空空一起去吃午饭。头几次，她为了显得合群点儿，就跟着一起去了，在公司附近的快餐店，遇到了其他部门的同事——明明入职的时候都打过一圈招呼，可空空好像一个都记不起来了，那两个姑娘很快就融入了群体，跟大家说说笑笑，只有她貌合神离地坐在一边，半天插不进一句话。

过了两周，她决定不再勉强自己，反正她也不是来交朋友的。

偶尔她会坐几站地铁去国贸和陈可为吃午饭，吃完再坐地铁回来。更多的时候她就在公司附近的便利店买个三明治或者面包，再买杯咖啡，在绿化带旁边的长椅上坐着胡乱吃完。

不是不想念那个热腾腾、四季都充满了烟火气的家乡——任意一条街上都有一两家粥米面饭的馆子，但为了这点儿小事就打退堂鼓，又还不至于。

第一次去找陈可为吃午餐的时候，空空有个印象——当他和一众穿着西装衬衣的男性从电梯口走出来时，她想起了《革命之路》里的一段描写，是弗兰克和无数个穿着西装、打着领带、拎着公事包的男人在站台上等火车的那个场景。每张脸看起来都是相似的,就像一滴水融入了江河湖海,无法辨别究竟谁是谁,直到陈可为站在她的面前,她才清晰地认出这就是和她住在一起的那个人。

后来的某一天,她在餐厅将这个发现讲给陈可为听,当成一件有点儿好笑的事,没有意识到这可能会让对方难堪。

"你们就像是从那种生产精英的流水线上走下来的。"她小声笑着说。

说不上为什么,但陈可为觉得有点儿不舒服,一种明知道对方没有恶意但是仍然感到被冒犯了的感觉。

"空空,也许你现在还觉得自己很特别,不过我想告诉你,工作、公司、集体这些东西的存在就是要磨灭个性的,往大了说,生活也是,你总得有所适应,有所妥协,从着装到神情、语气,尽量和大家保持一致。做朋友是另一回事,在职业中,没人会喜欢异类。"

空空想不到自己无意中开的玩笑会引起陈可为如此大的反应,按照他一贯温和的性格,这其实已经相当于是讽刺了。

她试图缓解这顿午饭的尴尬气氛,但挣扎了几秒钟就放弃了:随便吧,说都说了,还能怎么样。

那天晚上他们在家里相遇时,陈可为已经不记得中午发生的小摩擦了,他还特意带了一盒炸鸡回来给空空。但空空以身体不舒服为由缩在书房里不肯出去,这么拙劣的谎话,也不知道他会不会相信。

她一点儿也不怪他,她怪的是自己:不是因为中午失言了,而是因为自己永远都在在意这些小事。明明可以笑一笑,骂两句粗口就开解过去,可她偏偏过不去——就像以前很多时候,别人只当作一片落叶的事情,总会在她心里卷起一场风暴。

她不得不想起颜亦明说的话:"如果你一直这么脆弱敏感,会非常辛苦。现实不会搞垮你,但你自己会,你知道吗?"

在离开了自己最熟悉和舒适的生存状态之后,现在,她知道了。

找房子的事情虽然一直还在继续,但又显得没那么急迫了,最根本的原因是陈可为的家到空空公司的距离实在是太合适了。再加上租金、独居还是合租之类的条件,使得空空的选择很有限。

"如果跟人合租,那和你住在这里也没有区别啊,"陈可为像是完全出于理性的角度在说明问题,"大不了,你也付我租金就是了,我又不会和你客气。"

话是这么说,但空空给他转账,他从来就没收过。

人都有惰性,时间一长,原本盘旋在空空心头的那点儿焦虑就像一张拉满的弓,因为时间太长而失去了最大张力。但她也没有完全心安理得,不管怎么说,作为室友,大家都有义务为对方的生活带去一点儿正向的东西——一点儿阳光,一点儿方便,一点儿温暖的照应。

下班早的时候，她会在回家的路上顺道去趟生活超市，买些菜、水果，有时还有酒。

清酒蒸蛤蜊。罗勒搅碎了煮意面。圆滚滚的白色小口蘑，去蒂之后倒放，像一只小小的碗，刷上橄榄油，撒上黑胡椒碎和一点儿海盐，在烤箱里180℃烤十五分钟。还有一些家常菜：最简单的像是甜香肠炒荷兰豆；稍微复杂一点儿的也有——豆腐切片裹上蛋液，先用油煎，再炒一个西红柿，出汁之后把煎过的豆腐放进去。最耗时间的是炖牛尾汤之类，做得不多。

厨房里刀具、炊具和餐具一应俱全，但毫无使用痕迹。空空住进来之前，陈可为用得最多的就是那只白色小奶锅，他会煮各式各样的拉面。

在烹煮食物的过程中，空空感受到一种专注于步骤而带来的平静，但她也知道，这只是短暂的新鲜感——如果让她每天都待在厨房里做这些事，那么乐趣就变成了煎熬和损耗。

"你怎么会做这么多吃的？你不是一直都住在家里吗？"

有一次空空在超市买了只冷冻的整鸡回来，按照网上教的法子，做成了很美味的蔬菜烤鸡。陈可为开了一瓶白葡萄酒，他们把烤盘放在茶几上，两人坐在地上的布团上，一边看《咖啡公社》，一边直接用手撕着烤鸡吃。

当陈可为问出那个问题时，空空已经在喝第二杯了，她说："我爸妈做饭都蛮难吃的，我小时候很喜欢去别人家吃饭，后来长大一点儿，脸皮薄了，不好意思老去别人家，就开始自己做了。"

"我可能有点儿天赋。"她笑着说。

她之前从来没想过这件事在她人生中是否具有某种暗喻，只是遵照着直觉去学习和积累生活的经验，做饭、清洁、整理。在没有得到任何提示的时候，她就已经养成了不对物品倾注太多感情的习惯，该换就换，该扔就扔，这种不自知的训练在她决定离开家乡的时候彰显出了某种程度的能量——她几乎没花什么精力就说服了父母，得到了他们的信任。

"我早已经准备好了独自生活，退而求其次的话，那我也早已准备好了和另一个人一起生活。"有个声音在空空的心里说。

陈可为把烤盘和酒杯端去厨房，收拾完台面，丢掉垃圾回来，发现空空已经躺在布团上睡着了，手里还攥着一团用过的纸巾。

他在另一张布团上坐下来，调低了电视的音量，影片已经演到维罗妮卡重遇鲍勃。这个片子他之前已经看过一遍，接下来的情节他都知道，但他也懒得换片了。他从果盘里拿了一个橘子，慢慢剥着，时不时侧过头去看一眼空空，这个瞬间，他想到，如果以后的生活一直这样下去，似乎也没什么不好。

他能感觉到，她已经度过了最别扭的那个阶段。他还记得自己下班回来第一次看见她做好了饭的时候，感到很意外。那天晚上两个人坐在餐桌前吃饭都表现得有点儿局促，现在彼此都很放松了——有时她洗完澡，站在浴室门口吹头发时，还会扯着嗓子跟他讲几句话。

在风筒轰隆的噪声里，她丝毫察觉不到他声音里的紧绷。

碧薇，为什么要叫自己空空呢？陈可为不是没想过要问，但又觉得问出来会显得自己很无聊。等到时机恰当，她自己可能会说吧，他一边这么想着，一边把橘子瓣上细小的白条一点儿一点儿撕干净。

不知道是不是空气里有橘子的香味，令他心间微微泛酸，他觉得，总会有那么一些合适的时候，他们可以聊聊各自过去的一些事，或许还能聊到恋爱经历之类的，互相增进了解。

在公司闲适的日子并没有持续太久，某天，工作群里跳出老板的头像，老板言简意赅地发了个通知：下午有家影视公司的人会过来，你们跟人碰个面，看看能不能聊出点儿合作来。

琪琪马上就去网上查了那家公司，然后有点儿兴奋地在只有她们三个人的小群里播报相关信息："虽然资历不是很深，但这几年发展得蛮好的，出了一两个爆款剧。他们自己有艺人部门，签了一堆新人……看起来蛮有前景的，咱们要是能建立深度合作就好了。"

晓楠在群里附和了几句，空空觉得自己应该跟上，但她犹豫得有点儿久，还没想好如何措辞，场面已经冷掉了。那个时机过去了，她只好发了个不痛不痒的表情，表明自己的确有参与进来。

离约好的时间还有半个小时,琪琪和晓楠挽着手出去买咖啡和奶茶。空空独自去小会议室等着,她挑了最里边的那张椅子坐下,这个位子很不显眼,她认为一会儿即使自己不怎么说话也没人会在意。

她玩了会儿手机,进入颜亦明的朋友圈看了一下,对方设置可见时长为"最近三天",这三天里他什么也没发。她无意识地叹了口气,不知道是在嘲笑什么,可能是嘲笑自己的无力和徒劳——都已经这样了,竟然还时不时地想去窥探他的生活。

会议室的门被推开,她以为是琪琪和晓楠,但并不是,是一张陌生的面孔,几乎是空空在现实生活里见过的最漂亮的面孔,一瞬间她想起琪琪中午在小群里说的话——他们有自己的艺人部门——她以为对方是那家公司的艺人。

"我是××公司的周宝音,你们前台那个姑娘让我来这个房间,我没走错吧?"

空空有点儿慌乱地站起来,一边点头,一边在心里埋怨琪琪和晓楠怎么还没回来。她瞥了一眼手机上的时间,还有十分钟,是周宝音早到了。

"是这里,我同事马上就来,你先坐,"空空说,"我催催她们。"

"没事,我同事也还没来,我们等等吧。"周宝音随意拉开一张椅子,坐下来,她比空空自然多了,像是见惯了这种场面,一点儿也没觉得尴尬。

空空只好又坐下,两只手缩回到桌子底下抠起指甲来,她一感觉到紧张的时候就会不由自主地做出这个动作,一直改不掉。

小会议室陷入了沉默,周宝音刷了一会儿手机。空空在心里祈祷着她能一直刷到琪琪她们进来,这样她就不需要单独先介绍自己了。

但她的祈祷没有用,周宝音很快就放下了手机,打破了安静,直直地看向她,问:"欸,怎么称呼你?"

迟疑了半秒钟,空空如常地背出了那句话:"叫我空空就行。"

"OK,"宝音点点头,"这种会很浪费时间对吧,其实聊不出什么大动静,不过老板们既然有要求,咱们就做做样子吧。"

空空看着宝音,那一刻她不知道自己为什么突然来了点儿勇气:"我不懂,这是我第一次开这种会,我没什么经验。"

宝音睁大了一下眼睛,她的表情没有攻击性但充满好奇:"你之前不在这一行?欸,你之前是干吗的?"

"我之前不在北京,在老家,算是个记者或者编辑之类的吧,写东西,我也说不清楚……"空空有点儿懊恼,她太露怯了,几句寒暄也能说得这么不顺畅,"我现在的老板以前是我的主编,她觉得我写的东西还可以……"

空空说不下去了,谢天谢地,琪琪和晓楠这个时候终于进来了,拎着印有咖啡和奶茶品牌LOGO的纸袋,叽叽喳喳地分给空空和宝音一人一杯。会议室里的气氛陡然变得轻松多了,空空在心里长长地舒了一口气。

"好了,接下来我不用再讲话了。"她想。

那天下午,就如宝音所预测的一样,除了消耗掉大家人生中的两个小时,并没有任何实质性的进展。主要负责说话的是宝音的男同事——空空连他的名字都没记住——还有琪琪,他们把各自公司的业务向对方介绍了一遍,然后聊了些市场上现在流行的东西,在这个过程中,晓楠加入进来。

他们说的那些人和片子,还有综艺节目,空空一个也没看过,她都不知道该如何装作自己知道的样子。虽然宝音也没怎么说话,但空空从她的神情上能够判断出来,她们俩沉默的原因是不一样的:她是出于无知,宝音是出于厌倦。

大家喝完东西,又闲扯一会儿,终于熬到了该散场的时候,于是宝音那位男同事率先站起来做了宣布结束的人,他拿出手机,问:"都互相加一下?还是拉个群?"

空空听到前半句的时候简直眼前一黑,但幸好还有后半句。这是她在整个会议中表现得最踊跃的一瞬间,她抢在另外的人说话之前先说了:"拉个群吧,拉个群好些。"

周宝音没忍住,笑出了声来。

等到很久之后,宝音说起那天的那一幕依然觉得很滑稽:

"我当时就想,这姑娘也太实诚了,生怕要多加两个好友,好像对于她来说这是严重得不得了的事儿。"

事实上,那个群拉好了之后也很少有人在里面说话,随着时间推移,很快就从各自的消息列表里沉了下去。宝音的男同事在半年之后就跳槽去了另一家公司,与群里的任何人都没有产生新的交集。

那个下午,如果非要赋予一点儿意义的话——

空空把会议室里的空杯子收拾好,装进纸袋里,拎着去楼道扔的时候,看见宝音还在电梯前站着。她不得不硬着头皮笑一笑。

"我想起来了,"猝不及防地,宝音说,"你是不是写过一篇吴哥的旅行笔记,标题叫《此时不必问去哪里》,我忘了在哪儿看过。"

空空惊呆了,她做梦也没想到自己四五年前发在一个旅行平台上的东西竟然会被人记得,那是一篇毫无攻略价值的私人化的情绪记录,写在她第一次、也是唯一一次独自旅行之后。彼时,她尚未能够接受与颜亦明的分别造成的痛苦,长时间无法消化的委屈和悲伤是促使她写那篇笔记的原因。

她早已经忘记了的那篇文字——虽然她还没有忘记颜亦明——忽然之间被一个刚认识两个小时的人提起,空空在静止中跌入了时空缝隙。

宝音眨了眨眼睛:"那个帖子一直在我电脑收藏夹里,我记得那个ID就叫空空,"她含着笑说,"我同意你老板说的,你写得还可以的。"

说完,宝音走进了电梯。

当天晚上,空空收到了一条添加好友的申请,验证理由写着:我觉得还是认识一下好些。

很显然,宝音是在模仿她的语气。空空没怎么挣扎就点了"接受"。

(3)

"那你和那个男生,算是恋爱,还是即将恋爱呢?"

在私下出来喝过两三次东西之后,空空向宝音简单地讲述了自己的生活现状,并不可避免地带出了陈可为这个人。这让宝音隐约嗅到了一点儿八卦的气息。

"我们就是单纯的室友啊,"空空解释说,"而且,我认为男女之间还是存在友谊这回事的。"

"那当然,我也这样认为,但爱情的基础本来就是友谊……"宝音的手指轻轻叩打着桌面,薄荷绿色的指甲看起来刚做过不久,还没露出一点儿甲床,她喝了一口气泡水,"我和叶柏远就是,很好的朋友。"

空空顿了顿,没有和宝音继续讨论下去。她很清楚自己和陈可为是什么关系——是老友,像手足,分享住处,分享食物,也分享彼此的喜好,她在他面前从未感觉紧张不安,双膝发软,手心出汗,她的体温从不曾因为陈可为而上升哪怕0.1℃。

"我以前爱过一个人,我知道爱是怎样一回事。"空空的声音非常轻,她以为宝音听不到。

但宝音分明听见了,还很严肃地点了点头:"我知道。第一次见到你那天晚上,我回家之后重温了那篇笔记,再迟钝的人也能看出你那时候心里有一个人。"

她没再说下去,也没有问更多。这就是空空最喜欢宝音的地方,她懂得适可而止。

"让叶柏远请晚饭吧,"宝音说,"周末了,让我们花别人的钱犒劳一下自己。"她一边说着,一边已经在给男朋友打电话了,电话通了之后,他们只花了不到一分钟的时间就定了一家粤菜馆。

通常情况下,空空不会对和自己无关的人产生太强烈的兴趣,但或许是因为宝音的缘故,她对叶柏远真有一点儿好奇。去那家馆子的路上,宝音面无表情地开着车,音箱里播放着交通状况的广播,在沉默的缝隙里,空空总会不自觉地看向宝音的侧脸。

"这是我在北京真正意义上结交的第一个朋友,"空空想,"她和我过去认识的女朋友们不太一样——虽然她的外表、着装和修饰细节都非常女性化，但她的言行举止时常会传达出一种与之不相符的刚硬。宝音像是我向往成为的那种人，自信的、情绪稳定的、果断而敏锐的、面对任何困境都不会表现出畏惧的人。"

什么样的人才衬得起宝音呢？

见到叶柏远的时候，空空立刻就得到了答案。

你相信人会像艺术作品那样有"同一个系列"这回事吗？看到 B 的时候，你自然就会想到他和 A 一定有某种关联——无论是外形、气质，还是风格，都明显区别于其他同类。空空第一眼看到叶柏远时就很清楚了，叶柏远和周宝音是同一个系列的。他们都有一张干净漂亮、没怎么吃过苦的脸，有着在中产阶级家庭长大的孩子所具备的天真、潇洒和物质方面的好品位，但又不至于放纵骄奢。他们看起来都像是不能经受人生的惊涛骇浪，但惊涛骇浪也不会挑中他们的人。

尽管如此，他们还是有微妙的区别——空空一时说不上来那是什么。

宝音对空空脑子里的千头万绪浑然不觉，她潦草地向他们介绍了一下对方，就全心全意埋进菜单里，不时向服务员问问有什么新菜。

在晚餐进行的过程中，空空大致了解了宝音和叶柏远的故事。

他们大学在同一所院校，叶柏远比宝音高两届，都学的编导。宝音后来读研又念了戏剧史论研究。

叶柏远从宝音念大一时就开始追她，断断续续也有些竞争对手，但他耐性最好。他这么说的时候，宝音哼了一声，不置可否的样子。

"在一起到现在不长不短也有六七年了——是六年？还是七年？"宝音从盘子里夹了根菜心，翻了个白眼，"太久了，我的青春好像从认识叶柏远那天就完结了，激情很快消耗掉，直接进入了人生的秋天。"

叶柏远轻轻地拍了下宝音的头，被她瞪了一眼。

"我自己都没想到会这么久……"叶柏远做了个夸张的表情，"这些年里我们谁都没想过换人，在现代社会这算得上是个奇迹吧？"

空空知道他们都在开玩笑，但她分明看到，宝音的面容上迅疾地闪过一丝冷淡。她有点儿拿不准自己到底该不该笑。

"没换人也不能说明什么，可能我们就是单纯的懒而已。"宝音轻描淡写地将话题从餐桌上扫了下去，没人再捡起来。

晚餐结束之后，宝音提议再找个地方坐坐，理由是"回去有什么意思，不就是玩手机，打游戏，看电影，以后还要这样过一辈子的，急什么"。

叶柏远的表情让人有点儿看不懂，他到底是赞同还是不赞同，但最终他也没有提出反对意见。空空也决定顺着宝音的意,一方面她是不想扫兴,另一方面她觉得宝音说得确实也没错。

由叶柏远指路,他们一块儿去了一家相熟的酒馆。到了那儿空空才发现,酒馆在一个大果园里。外边儿摆着几张露天的桌椅,正对着一片荷塘。他们在其中一张桌子坐下。酒馆的老板是个四十多岁的男人,远远地对着这边点点头,算是打招呼。

叶柏远要了一种空空没听过的啤酒,空空要了一杯汤力水。宝音懒懒地跟着也要了一杯。

晚风轻柔,空气清新,静谧充塞在天地之间,月亮又黄又圆地挂在天上,仿佛梦境。他们三个人就像是事先约定好了一样,谁也没有开口说话。这种时刻常常具有某种迷惑性,让人心间的那些困顿和悲观都暂时烟消云散,忽然之间滋生出对生活莫名其妙的感激之情。

陈可为的电话打过来时,空空正沉浸在那种情绪里,连声音都显得比平时温柔。

"欸?钥匙吗,我当然带了呀……是在家里还是在公司……我和朋友在一起,没关系,我可以现在回去……"她正说着,手机突然从手里被抽走了,是宝音,只见宝音边对她做了个"让我来"的手势,边和手机那头聊上了。

"陈可为吗?我是空空的朋友,你过来一起喝杯东西呗……没谈事情,就瞎聊天,不打扰的……OK,我让她发定位给你。"

她挂掉电话，对空空笑了笑："不要辜负良辰美景嘛。"

半个小时之后，陈可为顺利地找到了他们。

或许是因为年龄相仿，大家很快就聊开了，每个人分别讲了些自己喜欢的电影、导演和音乐。大多数时候空空都在听，并且意外地发现陈可为比自己之前以为的要健谈。

忘了是谁先提到旅行，但对这个话题最有表达欲的显然是叶柏远。

"我和宝音每年都会出去旅行一次，坚持五六年了，你都记得我们去过哪些地方吗？"他转向宝音，"所有的攻略都由我做，行程都由我定，你就只管跟着，没伺候好你还发脾气。"

空空和陈可为附和着干笑了两声。

月亮暂时被云遮住，光线一时暗了下来，看不清宝音的神情。只听见她说："别说得自己那么委屈，我不做那些是因为你不信任我。"

"这话说得……"叶柏远讪讪地给自己圆场，"那下次你负责做好了，我绝对不挑三拣四。"

"好啊，你最好说到做到。"宝音冷冷地应答。

那片云翳已经飘走，大家眼前又恢复了亮堂。叶柏远和陈可为聊起了股票、基金之类。空空起身去了洗手间。宝音的脸上没有表情，思绪却顺着流动的风去往了许久之前。

她已经不是第一次直截了当地对叶柏远提出"你不信任我"这种指控，早在四年前，他们预备去芬兰之前，她就已经说过了。

最初在一起时，他们就说好了每年都会和对方一起旅行一次，即使某个地方和别的朋友去过，但对方如果有兴趣，还是可以再去。头几年他们执行得很好，分工明确，叶柏远制定计划，宝音整理各种杂物和装备，查漏补缺，十分合拍，最难得的是他们在钱的方面也从来没发生过不愉快。

她以为叶柏远很乐意这样，她从来没想过他坚持自己负责行程是因为他认为她搞不定。

那年冬天他们计划去冰岛看极光，还很开心地发现有几个朋友也要去，时间刚好能对上，但那几个朋友的签证已经办好了，他们俩却连材料都还没开始准备。

叶柏远认真起来效率非常高，他迅速订好了机票和酒店，还在酒店推荐的某个旅行公司报了一个极光团，并为此付了一笔数额不小的定金。剩下就是申请签证，这一点他们都没有担心，这是他们最擅长的部分。

可能问题就是在这里——宝音事后回想，人总是会折在自以为最擅长的事情上。

他们填好了所有要填的表格，带着打印出来的厚厚一沓纸质材料、绝对符合标准的证件照和各自的护照去了签证中心，像过去每一次一样，顺利地将这些交给了工作人员。

当天中午,他们在餐厅等着上菜的时候,叶柏远就接到了上午接待他们的那位工作人员的电话。

"没有空白页了?怎么可能……"叶柏远的表情让宝音明白那一定是个很坏的消息,他还在问,"不好意思,请问是谁的?"

电话挂断之前,叶柏远已经站起来,不明就里的宝音也只好跟着站起来。

"你的护照没有空白页了。"他的眼神里第一次显露出一种让她觉得非常难受的东西,失望不足以形容,更像是"我早预计到会有这一天",她被那种东西刺痛了。

"怎么可能!"宝音努力地争辩着,"48页,还有备注页,我的护照才用过几次!"

"他说,很多页上都有印油痕迹,"叶柏远叹了口气,"我想应该是你以前购物盖的退税章吧,宝音,我早说过了,你买得太多了。"

她就是在那个时候突然发现的——他也许确实爱她,但并不怎么看得起她。

事情后来的发展像一团乱麻,她去取回了自己的材料,证实了的确如叶柏远预料的那样,她的护照空白页大量地被退税章浪费了。她不是没想过找理由为自己开脱:很多次买东西我也不是为了自己,而是给家人、朋友和同事带的,是,我的确是疏忽了，但谁会想到有这种事？

但她终究什么也没说，只是尽快地去补办了新护照，得知最快也要七个工作日时，她彻底绝望了。什么都来不及了——机票钱，酒店钱，那笔该死的定金，还有，期待了那么久的极光——她坐在车里，不能动弹，好像一下子丧失了开车的技能。

"此时不必问去哪里"，这个句子从芜杂的记忆里冒出来。她想不起来是在哪里看到的，这一刻自己却如此精准地被击中了。

经过剧烈的争吵和折腾，在宝音说出"你是不是再也信不过我了"之后，他们还是启程了，不过目的地换成了芬兰。

宝音记得，自己几乎是歇斯底里地冲叶柏远叫喊了一番："我一定要去，北欧又不是只有冰岛一个国家，地球又不是只有冰岛能看到极光！"

就像掩耳盗铃一样，他们谁也不愿意去计算具体的损失——宝音至少表达过三次自己愿意承担全部，但叶柏远始终没有同意。他们的经济状况都不错，比起费用，他更在意的是行程未能够按照原定计划进行。那段时间里，"冰岛"成了他们的禁忌，他们默契十足，一次也没再提起那段夭折的行程，并迅速地制定了新的旅行计划。

宝音拿到新护照的那天下午，就和叶柏远一起去了芬兰签证中心。十个工作日之后，签证顺利下来了。

当他们乘坐的那架航班在赫尔辛基机场落地时，宝音的双脚已经因为长时间的飞行肿得几乎塞不进靴子，她怀着一股莫名的恨意使劲往靴子里捅，在心里对自己说："这不是挺好的嘛，什么也没有耽误！"

然而事实上，那趟旅行无聊透了，几乎是他们一起经历过的最糟糕的旅行。说是功课做得不足也好，运气太差也好，总之……宝音知道，这些状况都不能怪叶柏远。

冬季的赫尔辛基，上午十一点天才亮，下午三点天就黑了。除了到那里的第二天——因为是周末——去逛了逛集市之外，他们完全没有事情做，只能在酒店房间里待着，或是在附近走走。吃饭的地方也不好找，好不容易在一座大型购物中心里看到一家日式风味的餐厅，排队又排了三十分钟，味道还算过得去，但价格却比在日本和国内都贵出一倍多。

宝音后来回想起来，赫尔辛基一定有很多可爱的地方，但她当时全然没有心情去发掘和寻找。她的旅行其实在登机的那一刻就结束了，而叶柏远什么也不知道。

旅程的后半段，他们去了罗瓦涅米的圣诞老人村，在他们抵达的前一天，当地下起了大雪。在酒店办入住的时候，工作人员非常好心地对他们说："你们运气真好，早一天来都错过了。"

宝音向那位小姐回应了一个在商务场上经常用到的微笑。

客房被打造成林中小屋的样子，每一幢都是独立的。屋子里设有壁炉，门口放了定量的木柴。那位亲切的工作人员向他们介绍了在壁炉里生火的正确方式之后，留下钥匙，离开了房间。

叶柏远对这里很满意，他从旅行箱里拿出换洗的衣服，进了浴室，过了一会儿，又把手机扔了出来。他的手机的解锁密码就是他的生日，宝音一直都知道，但她从来没有去查看一下的想法，无论是当着他还是背着他。

屋子的后门正对着一片森林，就和小时候听过的童话中描述的一样，宝音一时疑心森林里面是不是真的有精灵或者矮人。她打开门，冷空气呼啸着灌入刚刚才暖和起来的房间，将她裹住。外面是漆黑的夜，她看不清楚那些树是白桦还是云杉，但这都不重要了。

重要的是，她知道，在这里绝对看不到极光。

那几个去了冰岛的朋友在朋友圈里已经连着发了好几天极光的照片，你方唱罢我登场。宝音不知道如何形容自己的感受——嫉妒？似乎太夸张了，至多也就是失落和沮丧吧。尽管这样，她还是决定关闭一段时间朋友圈这个功能。

她什么也不想展示给别人看，同样，她也不想看别人所展示的一切。

那趟旅行留给宝音的只有三样东西。

一是壁炉里熊熊燃烧的火焰。她整个晚上都坐在壁炉边的地板上，不断地往炉子里添柴，中间还打电话给前台的工作人员，请他们再送一捆过来。高温烤得她身上又干又痒，脸则像醉了酒一样红，紧绷得疼。叶柏远叫了好几次让她坐远一点儿，小心烫伤，但她都置若罔闻。她很难向他说清楚，为什么那些火苗会让她感到了新奇和亢奋。

最后，叶柏远也就放弃了，他打开笔记本，戴上耳机，看了一部他喜欢的科恩兄弟的电影。宝音独享了一个宁静的夜。

二是在游客中心，工作人员给了她一张纸质的证书，上面写着"北极圈纬线地标纪念证书"和她的名字。尽管知道这张证书的意义不过是一种旅行纪念品，她还是觉得很高兴。

三是她给自己写了一张明信片，特意贴了一张最贵的邮票。在那张明信片上，她写道："这里风景很美，却并不是你想去的地方。是你自己选错了，不要怪责别人。"写完之后，趁叶柏远没有注意，她迅速地将明信片投入了信筒。当他问起"你写了什么"的时候，她撒了个无伤大雅的谎。

"祝自己身体健康。"

这件事过去好几年了，他们没有和任何人说过。叶柏远忘得差不多了，他以为宝音或许也一样。

那张宝音寄给自己的明信片在旅行结束之后的第二个月，顺利投递到了她家的信箱里。她把这张明信片用来做书签，夹在她喜欢的那些小说里。她对此保持沉默，每年的旅行计划也照常实行，但她知道自己什么也没忘记。

空空从洗手间里出来，坐回到自己的位子上，对两个男生聊的话题完全不感兴趣。她望向宝音失神的面孔，看穿了她的灵魂这一刻并不在躯体之中。电光火石之间，空空知道了宝音和叶柏远那点儿微妙的区别是什么。

的确，他们有着相近的成长环境、教育背景和同样不太费劲的人生道路，但是叶柏远积极、阳光、意气风发，他整个人是暖色调的，而宝音呢？空空牢牢地盯住宝音的眼睛，那双眼睛的深处，在无人注意的时候，时时流露出冷淡、厌弃和对一切漠不关心的神情。

大多时候宝音是没有破绽的，她会那套话语系统、那些社交方式和表情，在别人的规则里游刃有余。她足够聪明，也足够狡猾，但在空空这个什么都还没有学会的笨人眼里，她是冷色调的。

"怎么了？"宝音察觉到空空在看自己，收回了涣散的思绪。这一刻，她又是平时的周宝音了。

空空笑了笑，伸出手去把宝音额前的一缕头发捋到她耳后。她没有说话，却又像是什么都说了。

散场的时候，只有简短的告别，然后宝音和叶柏远各自开车回自己住处。空空和陈可为一起打车回家。坐在车上,空空的手臂无意中碰到了陈可为的背包,被边袋里一个硬硬的小东西硌了一下。

过了几秒钟,她反应过来——那是他放钥匙的地方。

"你……"空空捶了他一拳,"你不是说你没带钥匙吗?"

幸好车子的后座光线昏暗,否则陈可为真不知道如何掩饰自己瞬间红了的脸。他结结巴巴地解释:"我加完班,本来想找你一起看个电影的……我当时想开个玩笑……不知道你和朋友在一起。"

"那你直说呀,真是的……"空空虽然说着埋怨的话,语气倒很平常。

"和你的朋友一起喝东西,聊聊天也挺好的,"陈可为像是松了口气,"他们是蛮让人喜欢的一对儿。"

"嗯,我很喜欢宝音,"空空歪着头看着窗外,已经是晚上十一点了,东三环的每一栋写字楼上依然还亮着很多灯,她眯起眼睛,将那些明明暗暗的窗口看作是一种马赛克游戏,用手指在空气里轻轻拨动着想象中的小方块,"我还在上学的时候就期待自己未来能成为她那种人。"

"哪种人?"

"就是……见过世面,宠辱不惊,一点儿小家子气也没有,"空空收回了手指,有点儿惆怅,"你知道,就是和我完全相反的那种人。"

陈可为嗯了一声,过了一会儿,他才说:"可能是因为不熟吧,你说的那些特点我也看不出来,再说,我觉得你本身就蛮好的。"

空空笑了一下,有点儿腼腆又像是有点儿领情的样子。

陈可为说的是实在话,在他看来,北京、上海或者任何一个一线城市的写字楼和大公司里都不缺周宝音。她们美丽、聪敏、干练、专业,发起狠来比男人更坚韧,自己开车,自己供房,可以谈恋爱,也完全可以不谈。

的确是优秀的新女性——但是,有什么特别值得羡慕的吗?

"禾苏是不是你说的那种?"陈可为试图搞清楚空空的意思。

空空吓了一跳:"禾苏和宝音?不不不,你完全弄错了,我们说的根本不是同一回事。"

"好吧,"陈可为做了个自嘲的表情,他知道话题已经结束了,但还是又强调了一遍自己的看法,"反正,我觉得你不需要成为任何人,你自己这样就蛮好的。"

空空洗完澡回到书房,看到有一个扁扁的快递盒子摆在写字桌上,收件人是陈可为的名字,她以为是弄错了。

"是给你的。"陈可为靠在门边,他换上了藏青色的家居服,表情有点儿期待。

"那我拆了哦——"空空狐疑地看了看他,从笔筒里抽出拆信刀,利落地划开了盒子上的胶带,打开泡沫纸,当看到泡沫纸里的东西时,她不由自主地哎了一声。

"我以为这种东西早就停产了,不可能还买得到,"空空轻轻摩挲着宝蓝色的金属壳面,冰凉的磨砂的质感,轻不可闻的摩擦声,都属于她所怀念的那个年代,"你从哪里弄来的?是不是很贵?"

"你不用管那些,"陈可为说,"你喜欢吗?"

空空点了点头,一时不知道该说什么好。她忽然意识到,他们可能是最后一代认识并且用过随身听这种东西的人了。她想起中学时候自己用的那只黑色随身听,既厚又笨,除了听英语磁带,更多的时候都是用来听流行音乐。她想起在那个时候,自己多想换一只新的、更轻薄的、外壳散发出幽幽宝蓝色光泽的随身听啊,她曾经有一抽屉的音乐磁带,全都是她最喜欢的歌手,而现在它们还在老家的抽屉里,不知道有没有因为潮湿而发霉。

"你怎么会想起送我这个……"空空长长地吐出一口气,"太复古了吧。"

"那次聚会的时候,大家闲扯,"陈可为尽量说得很不当回事的样子,"禾苏说你上学的时候经常不吃早饭,攒钱买磁带,你说你那时候很想要一个这个牌子的随身听。"

"对,我记得那时候你是最先用这款的,你的是银白色的,"空空的语气欢快起来,"后来被单车轧坏了是吗?"

"嗯,从校服口袋里滑出来,我没发现,轧坏了,你怎么知道?"

空空没有忍住，笑出声来："我那时候太嫉妒你了，知道这件事的时候我可能比你自己还心疼。"

她不知道自己笑起来有多可爱——这个念头在陈可为的脑子里一闪而过，他知道自己该回卧室了。

"总之，希望你喜欢吧，二手货不知道性能怎么样，当个纪念品也行。"他说。

"谢谢你。"空空非常诚恳地说。她的眼睛亮亮的。

直到躺到床上她才反应过来——他说的是去年春节那次同学聚会，时间明明已经过去那么久了，他竟然还记得她说过的话。

这下问题可有点儿复杂了。

她坐起来，心脏猛烈地跳了一阵，傻子也明白这一切意味着什么。但是她很快就冷静下来，不知道哪里冒出一个声音来，警告她，千万不要自作多情，不要误会。

"如果对方一天没有明确地表达，你就一天不要发梦，明白吗？"那是她自己的声音，与此同时，一桩旧心事浮上心头。

在黑暗中，好像兜头一盆冷水浇下来，那点儿火苗扑哧一声熄灭了。她重新躺回到枕头上，换了一个更舒服的姿势，闭上眼睛，心无杂念，很快睡着了。

(4)

那年春节。

禾苏的电话打来时，空空正在给周刊的生活栏目写一篇关于清城的美食推送。临近年关，许多餐饮商家都在做促销活动，空空所在的周刊也属于主要的广告阵地。

这活儿根本不费脑子，她闭着眼睛都能写。她知道，没人会仔细看那些啰唆的文字介绍，哪怕你描述得再引人入胜，绝大多数人的注意力也只会被漂亮的图片吸引，然后快速拉到文末，点击领取各种活动福利和代金券。

我们或许就要进入文字最不受重视、最没有价值的时代了，她不止一次这么想过。

空空当初选择来这里工作，一是因为喜欢写东西，二是因为有点儿仰慕主编。她一待就是三年，其间主编离职去了北京创业，最初的几个同事也走的走，换部门的换部门，只有她还安安分分地守着这一亩三分地，埋头劳作，不问收成。

接通电话，禾苏的声音噼里啪啦地在耳边炸开："碧薇，你怎么不看群里的消息啊？@你也不回，你干吗呢？"

禾苏在北京待了几年，普通话讲的是越发字正腔圆了，以前的南方口音荡然无存。空空一只手接听电话，另一只手搁在写字桌上转着笔，没好气地说："什么群？我和你哪有群啊？"

"同学群啊，我把你拉进去的——"听到这里，空空翻了白眼，一口气卡在胸口提不上来，禾苏还在说，"我看你一直没回消息才给你打电话的，就这样吧，群里说呗。"

已经被拉进去了，再不情愿再生气，空空也不好意思直接退出来。她一目十行地把群消息扫了一遍，大概知道是什么事情了。

年初五是高中的班主任老师六十岁寿辰，以禾苏为首的几个同学想趁着春节大家都回来过年，人齐的时候给老师办个生日宴，顺便也当作同学聚会。

空空私下给禾苏发了条信息："你们搞就是了，送礼算我一份，聚会我就不去了好吧。"

禾苏很快就回复了一条语音："你就在本地都不来？××他们还是从国外回来的呢，听说这个事都高兴得不行。"

"就你事儿多！"空空小声骂了一句，又打了一句话发过去："是不是没得商量？"

"哎呀，我的大小姐，你就别摆架子了，非要让人到时候去接你吗？"

又是一条语音信息，空空听完，没再继续纠缠下去——她尽力拒绝过了，但很明显，拒绝无效。

早在学生时期，她就了解了禾苏的性格——天生热忱，精力旺盛，且用之不竭，和谁都很亲近，对谁都很友善，而且从来意识不到她的热情对于某些人来说可能是一种负担。

虽然任谁看来禾苏都是她的好朋友，但空空自己并不这么认为。

初五的下午，空空比约定时间提前一点儿到了禾苏发给她的那家酒楼。这是她的一个小策略，早到的人可以自己选位子，去晚了还不知道要和哪些人挤一桌呢。

阵势不算夸张，空空目测一下，总共也就四五桌。正前方摆了个台子，估计一会儿会有人代表所有同学上去讲几句感谢老师、恭贺新春和展望未来的场面话。

这是空空第一次参加同学聚会。以往他们也聚过几次，每次叫她，她都想办法推了，但今年因为老师的寿辰，她不得不硬着头皮来凑个热闹。

虽然知道怎么样都不可能轮到自己上台发言，但保险起见，空空还是选择了离台子最远的那一桌。坐下没多久，便听见旁边来人问了一声："这里有人没？"

她边抬起头边回答："没有……欸，陈可为？"

"是你啊，碧薇，好久没见了。"

陈可为看起来成熟了一些，但还是一副白净的好学生模样。空空只是大致知道他的轨迹：在北京念大学，读完研之后去了一家知名的金融公司，在同级同学中算是顺风顺水的一个。

除此之外，更多的她既不知道，也不关心。

两人寒暄了几句就没话说了，好在宴会厅里不断进来三三两两的老同学，每个人都会过来和陈可为打打招呼，看得出他们一直都有联络，陈可为的人缘还是和以前一样好。空空努力回忆了一下记忆中的他，只得出一个模糊的轮廓：是老师最喜欢的学生之一，功课扎实，擅长考试，学习很认真——看他现在的样子就知道他依然是个自律的人，那些习性在他身上留下的印记宛如大海在水手身上留下的阳光和海浪的气味。

空空还从来没有看过真正的大海，但她一厢情愿地认定大海就是她想象中的那样——在海水的深处，有一个不为人类所了解的世界，不同于爆米花电影中的搞怪和娱乐，真正的大海应该神秘、强悍而凶狠。

"我经常看你写的东西，书评影评什么的，"其他人走开之后，陈可为突然说，"有些我蛮喜欢的。"

空空没想到他会说这些，瞬间感觉到有点儿尴尬。她很不习惯和人谈论她写的东西，尤其是认识的人，那种感觉像是在对人展示自己的裸体。

她从嗓子眼儿里挤出了两声干笑，想不出来该怎么接话，总不好说"都是瞎写的，你以后别看了"。原本可以展开好好聊聊的一个话题，就被她这样不知所措地错过了。此刻她如坐针毡，非常后悔拒绝禾苏的时候态度不够强硬。

但是，她环视了一周，发现再没有哪个位子比现在这个更好了——和陈可为坐在一起，对她来说，或许已经是今天这个场合里的最佳选择。

宴席按部就班地进行着,每一个环节都像是事先彩排过。大家见到老师时都有些感慨,听到老师说自己的身体状况和精神状况都很好,还能再带几届学生,大家又亢奋起来。同学代表在台上发言时,有人在下面流眼泪——空空惊讶得不敢说话,倒是陈可为小声问出了她的疑惑:"这有什么好哭的?"

接着是热热闹闹地上菜、喝酒、聊天,每个人都在笑,大家都很高兴。一位刚生了小孩的女同学拿出手机向每个人展示宝宝的照片,所有人都很捧场,纷纷表示"太可爱了"。随后其他人也加入进来:"给你们看看我家宝贝念英语的视频,超好笑。"

…………

空空冷眼旁观这一片和乐融融的景况,发觉自己无动于衷的面目实在可憎,眼看那位拿着手机的同学马上就要来到自己这一桌,她赶紧站起来,慌慌张张地说了一句:"我去一下洗手间。"谁也没听,更加没人在意她是对谁说的。

倚着酒楼门口的红色柱子点烟时,她才放松了一点儿——肯定不会有人追着出来给她看自己小孩的视频和照片。她并不是认为别人那样做有什么问题,她只是太清楚自己的社交能力——绝对应付不来。

她向来笨嘴拙舌,不善言辞,就算是真心的夸赞也很难说得自然。与其让双方都感觉别扭，不如干脆避开这种场面。

"你抽烟的吗？"

猝不及防，陈可为又出现在她旁边，她下意识地把烟往身后藏了藏，但马上又觉得这个动作很多余。

"抽得不多，特别无聊的时候才抽一根，"空空说，"你出来干吗？你也不喜欢小孩？"

这个"也"字证实了陈可为的猜想，她果然是为了躲避那些过于热情亲昵的人。他笑着摇头："不啊，我很喜欢小孩。是里面太闷了，我出来透口气。"他没说，刚刚她离席的样子让他想起以前上自习课的时候，她偶尔会从教室后门偷溜出去的情形。

"哦，这样——"空空拉长了尾音，为自己不小心讲出了实话而感到略微难堪。

"有件事我想问你，我能加你微信吗？"

"群里不是有吗？头像是Marvin，《银河系漫游指南》里那个机器人。"

"我知道，但还是先征得你的同意比较好。"

空空把烟蒂摁在地上搓灭，扔进了门口的垃圾桶里，回过头对陈可为说："我同意的，你加吧。"

她分明感知到陈可为还有一些话想说，但最后他只是简短地讲："你有空来北京玩就联系我，我请你吃饭。"

"行啊，那你推荐一下，什么季节去北京玩最好呢？"空空歪着头，口吻里含有些许戏谑的成分。

"我自己最喜欢十月的中下旬,国庆假期过后天气就凉快了,再晚几天,银杏和梧桐叶子都黄了,整个北京望过去到处都是金色的,那是一年中最美好的时候。"

空空听得有些出神,虽然只是寥寥几句,可那个北方城市的秋色却已经在她脑海中有了具体的景致。

北京的秋天,秋天的北京,无论怎样组合都有种迷人的味道。

"好啊,"她笑笑,不是不真诚地,"如果我去北京,一定让你请吃饭。"

他们很快被出来寻人的禾苏抓了回去,在禾苏喋喋不休的抱怨中,空空和陈可为交换了一个眼神,像是拿禾苏没有办法,又像是收起了一个只属于他们两个人的秘密。宴会厅里的气氛在唱生日歌时达到高潮,空空跟着唱了几句,在大家围过去切蛋糕的时候,她给自己舀了一碗汤。

汤已经凉了,一层白色的油垢浮在表面,她勉强喝了一口就放弃。晚点儿回到家自己做个炒饭吃吧,她这么想着的时候,禾苏端着一块蛋糕过来了。

老师已经和家人一起提前回去了,剩下的人,有些喝多了,有些已经露出疲态。张三提议换个地方,大家一起去唱唱歌;李四表示已经不早了,想回家陪陪父母,过几天开工又好长时间回不来了。

七嘴八舌。

空空他们这一桌还剩三四个人,加上禾苏,大家聊了会儿上学时候的事情。人一少,空空的话反而多了起来。他们聊到班上最漂亮的那个女同学——她这次没来,听说一毕业就结婚了,嫁的是青年才俊——是中年才俊吧——喂喂喂,你们少在别人背后讲是非——陈可为你高中时候是不是暗恋人家来着——我用得着暗恋?

空气里仿佛有种轻盈透明的物质促使空空忍不住发笑,她自己也没想到,聚会的尾声竟然是整个过程当中她感到最自在最快乐的时候。

一群人从酒楼出来,已经是晚上九点多,大家就站在街边互相道别。

"我是初七的航班回北京,初八得上班了,你们谁去北京都欢迎找我啊,吃饭喝酒逛街都行。"陈可为对所有人说,再特意对着空空强调了一下,"我平时挺闲的。"

禾苏轻轻推了陈可为一把:"她去北京也是找我呀,找你干吗?"

空空的下半张脸都埋在了厚厚的围巾里,声音听起来瓮声瓮气的:"都找,都找。"

颜亦明的信息让手机屏幕亮起来的时刻,空空一点儿也没感觉意外——差不多也是时候了,那块石头终于落下来——她好像整个冬天的每个夜晚都在等这条信息,而当它真的抵达,她还是无法克制住战栗。

"在哪儿？"

那么随意，那么漫不经心，好像这不过是一次日常的问候。

空空故意晾了几分钟才回，她不想让他觉得她好像很急切的样子。

"我在家"——她想了一下，把"我"字删掉了，这样是不是能显得和他一样平淡？只有天知道她是费了多大劲才能装得如此举重若轻。

"不困的话，碰个面？"

"OK，你在哪儿？我过去。"

"希尔顿，一楼有个酒吧，我在那儿等你。"

直到对话结束，空空才长长地呼出一口气，就在刚刚那短短的几分钟时间里，她全身都僵硬了，像一块冻住的铁。

坐在去希尔顿的车上，她又回忆了一遍出门前镜子里的自己。

在灰蓝色的大衣底下，她穿的是一件黑色的针织衣，恰到好处的V领领口展示出漂亮的锁骨。星月造型的锁骨链点缀了她秀长的脖子。她扑了一层很轻薄的粉底，遮住常年熬夜导致的憔悴面容，看上去却像是没有化妆的样子，眉毛是仔细修过的，整张面孔素白干净，不需要做更多的修饰了。

虽然是隆冬的夜晚，但她还是选择了一款气味清凛的香水，她不想让他感知到她内心真正的想法和欲念。

一切都是掩饰，越是费尽心思，越是不着痕迹。

在路上时，她反复告诫过自己要表现得镇定从容，但当她穿过酒店大堂，在酒吧第一眼看见颜亦明，刹那间，一通电流迅疾地穿过她全身的每个细胞。在爵士乐的背景声里，她清楚地听见自己喉头发出的吞咽声。

他依然是世间最令她心折的那个人，纵然久未谋面，可一旦见到，往昔分别的时间就像是从未存在过一般。正是这样的吉光片羽衬得日常生活像是人生的闲笔。

她脱掉了大衣，在颜亦明旁边的沙发上坐下，点了一杯白葡萄酒。

一小段时间之内，他们没有问候，没有交谈，言语的部分被默契地省略掉了，彼此的目光如同交战一般将对方剥得一干二净，直到服务生端来那杯酒。

颜亦明穿着一件苔藓绿的T恤，懒懒地靠在沙发背上，他看上去比实际年龄要小个四五岁，像她的同龄人——空空忽然想到：再过几年，我会不会显得比他要老？

"你白天做什么了？"这是他的开场白。

"上午在家看电影，下午去了个聚会，八九点才散。"空空说。她听到自己的声音有点儿发紧，赶紧端起酒来喝了一口，这下喉咙才算通畅。

"我除夕才回来，然后拜访亲戚朋友，到今天才有空。"

他是在向她解释为什么拖到今天才联系她，她也听懂了他的意思——不过，空空觉得这种交代实在有些多余，就算再晚几天也没什么。从某种意义上来说，她其实很享受等待中的煎熬，她怀疑自己是不是有点儿变态。

"没关系，反正我总是在这里的。"她说。

迟疑了片刻，她起身到颜亦明的身边坐下，熟练地把头靠在他的肩头，闭上了眼睛。如她所料的那样，他顺势揽住了她。很快，一个轻轻的吻落在她的额头。

"你现在很沉得住气啊。"她小声地笑着说。

他用右手轻抚着她的头发："一杯酒的时间我还是等得了的，你能喝多久，总喝不了一整夜。"

空空猛地睁开眼睛，与颜亦明直直对视，这一刻他们离得太近了，对方呼出的废气成了一粒粒的小火星，被吸进了自己的肺里，他们互相都感觉到，那些小火星凝聚成了烈焰，在胸腔里燃烧。

还是不够近——她不动声色地端起酒杯，将剩下的酒一饮而尽。

"我们上去吧。"她终于说出来了，如释重负。

房间号是1205，门刚一关上，还没来得及开灯，颜亦明就已经吻在了她空白的后颈。她整个人都瘫软了，像被抽走了全身的骨头。身体先于意识做出了诚实的反应——她不仅是想念他，她根本是渴望他。

黑色的针织和苔藓绿的T恤都被丢在了地毯上，他们甚至无法分辨自己和对方究竟谁更迫不及待一些。

她闻到他身上的气味，什么都没有改变，所有的细枝末节都和她的记忆严丝合缝，他的体温和肌理，他亲吻她的方式全都是她最熟悉的，不可能再有另一个人能带给她这样的感受，她想象着自己是一个干燥的陶罐，内里空空，只有这个人能给它灌满水。

李碧薇的灵魂有一处空缺，那个空缺的形状就是颜亦明。

在翻腾中体会着激荡和冲击，她被反复地碾碎和重塑，脑子里有种奇异的冷静。他的脸埋在她的头发里，深深地，空空听见他以几乎不可闻的音量反复说着"我回来了"，这句呢喃扎破了她心头那个沉甸甸的水袋，她死死地咬住嘴唇，不让眼泪流出来。

现在我们才足够近——她既热烈，又绝望。

结束之后，空空去了浴室，当她裹着浴袍出来时，看到颜亦明趴在枕头上，似乎已经睡了。

她轻轻地坐在床边，小心翼翼地用手指沿着他的五官画出不规则线条，上一次见面是什么时候？差不多一整年了吧。他看起来没什么变化，甚至和五年前他们刚认识的时候相比，也未见得有太大差别。

"为什么时间对男人更仁慈，而社会对男人又更宽容？"空空有些愤愤地想着，"就因为你们认为自己的世界更辽阔，你们要征服的东西更多？"

她明明没有发出声音，可颜亦明还是惊醒了，一睁眼就看见她皱着眉头，不知道心里在骂谁的样子。

"你结婚了吗？"她冷冷地发问，先前的温柔已经荡然无存。

"你现在才想起来问这个，是不是太晚了？"

她摇头："事先问的话，我可能会受困于道德，现在已经这样了……"她说不下去了，无论怎样修饰言辞都瞒不住他，他知道她真正在意的是什么。

颜亦明把她拉到怀里，下巴压在她的头顶，说："没有啦，我要结也是找你结啊。"

空空心中微微一动，虽然不安感消失了，但她发觉自己并没有因此好过一些。

"别对我说这种话，我们还不是能开这种玩笑的关系。"她的声音里有哭腔。

"好，那就不说这些。"他更用力地抱住她，像安抚一个委屈巴巴的小孩儿。

她以前谈过一两次恋爱，都是很平常的校园恋情，男朋友年纪和她相仿，发生争执的时候互不相让，即使是为了鸡毛蒜皮的小事情吵架，也是用最尖锐的言语，骂最难听的话。

那时候她很不满，觉得男朋友都是蠢货，可是现在她知道了，争吵也是一种平等的对话方式。

颜亦明不会和她吵,不会和她争,在她发怒和胡搅蛮缠的时候,他只会退让——这个姿态并不是因为他包容,而是因为他心虚。

"什么时候我才能变得像你一样无情?"空空低声说。

"你等我一下,我先去洗个澡。"他又一次用自己的方式避开了她的问题。

等到颜亦明出来,空空已经穿回了自己的衣服,面朝窗户,坐在椅子上。谁都能看出她背影中的寂寥。

"我以为你今晚不走了。"颜亦明有点儿意外。

她没有回头,像是被窗外的景色吸引住,但事实上,玻璃只是反射出房间里的画面,她看着玻璃上映着的颜亦明说:"反正要走的,晚上分开比早上分开更体面一些吧。"

房间里安静了一会儿,她才说:"你为什么不干脆消失得彻底一点儿?我每见你一次,心就要被撕裂一次,你觉得我还能够经受几次这样的折磨?"

她平时极少用这样书面语的方式和人说话,也许正是因为职业的缘故,她在生活中会尽量简洁直白地表达。可是,当对方是颜亦明的时候,她丝毫不必担心会被误解为矫情造作。

他在她身边坐下,拉住她的一只手,长时间地沉默着。她的指甲短短的,抠得参差不齐,毫无美感。

"我以为这样会让你好过一点儿。"

"别装了,你知道究竟怎样才会让我好过一点儿,"她侧过头来对着他笑，那笑容混杂着无奈和一点点悲伤，"我们要一直这样下去吗？长久的空白，一见面就睡，接着又是长久的空白……对你来说一定很容易吧，所以你以为对我来说也一样。"

空空深深地呼吸，她用力的样子像是要把所有的情绪都清干净。颜亦明一直握着她那只手，从冰凉握到滚烫。

他不知道该说什么，不知道能说什么，他只能确定无论自己如何辩解都只会带来新的伤害。从他认识她的那天起，从她第一次敲他的门，而他打开门看到她发烫的面孔和过于狂热的双眼起，他就已经知道，她的情感远比自己要充沛和浓烈得多得多。

她是那种不介意以损耗自己为代价去爱的人，而她的热烈和纯粹，正是令他害怕的原因。

他比她年纪要大几岁，对同一件事物有不同的理解，这源于各自不同的生命经验。理性的颜亦明从来都知道自己应该远离她，可奇怪的是她本身却又像一个黑洞，只要出现在一定的范围里，就无法不被吸引。

所有的事情她都说对了，唯独弄错了一件事——对他来说，也并没有那么容易。

"我走了，"空空站起来，抽回手，"再晚怕叫不到车了。"

就这样吧，话好像已经说尽了，颜亦明跟着站起来，换衣服："我送你。"离开房间的时候，空空注意到他没有拿手机。

车还没到,他们在酒店门口等了一会儿,空空明显有些焦急,她很怕自己会忍不住又反身上去。好在颜亦明先开口了:"我过两天才走,你有时间的话,一起吃个饭……"

"好啊,看你时间吧,我都行。"她答应得轻描淡写。

他犹豫了一下,还是伸出手去抱住了她,额头抵着她的额头。酒店的门童很识趣地把头转向了另外一边,以免干扰这对热恋的情侣。

"到家告诉我。"

"嗯,知道了。"

车子准确地停在了他们面前,空空拉开车门,坐了上去,只是微笑着挥了一下手,没有说任何话。直到车子开出去一段距离之后,她才回过头去看,颜亦明还站在那里。

没有由来的眼泪夺眶而出,她不知道自己脸上还保持着刚刚的那个微笑。她拿出手机,飞快地打了一句话发给他,这是她无法当着他的面说的话。

"我依然爱着你。"

她发完之后迅速地摁了锁屏键,估计他会晚一点儿才看到。眼泪无法抑制,但哭出来之后她反而觉得轻松了一些。她想起他们躺在床上聊天的时候,他一边拨弄着她的头发,一边问她:"你还在周刊待着吗?你还在写那些谁都能写的东西吗?"

"你在浪费自己的时间和精力。才华也有时效性,"他皱着眉头说,"你应该去做那件真正对你有意义的事,现在的这一切随便换个人都能取代你，形式是相似的，但价值完全不同，你明白这其中的区别吗？"

"我明白。"虽然她当时把话题岔开了，但此时此刻，她单独一个人的时候，这个答案才从脑海中显现出来。

"颜亦明不爱我，但他懂得我，我如此无望地深爱着他，却一点儿也不了解他。"空空把脸埋进双手手掌，她第一次意识到这件事：爱其实也没有什么了不起。

过了一会儿，她的手机收到了颜亦明的回复："我知道。"

这就是他对她的爱所能够做出的最诚恳的回应了。

颜亦明离开清城的那天，他们好像什么事也没发生过似的一起吃了顿饭。空空不知道自己为什么会突然聊起："你觉得北京怎么样？"

"不管怎么样，都比你一直待在清城好，"他精准无误地接收到了她的弦外之音，"如果真的有决心走出舒适圈，当然越早越好。"

空空知道，没有再继续讨论这件事的必要了，这是他们的离别宴，再过几个小时，眼前这个男人就要登机——他现在是在上海、杭州还是深圳？她完全搞不清楚他的行动轨迹、他的内心追求和他为之奋斗的目标……她必须承认，除了欢爱的时刻之外，颜亦明对于她来说已经相当于一个陌生人。

"我这两年在上海，"颜亦明一眼看穿了她，"有机会来的话，找我。"

空空脸上慢慢地荡开一个笑，撑住了自己虚张声势的骄傲："我不想知道。"

(5)

"晚上一块儿吃饭吗？"离下班还有两个多小时，陈可为的头像旁边出现了新信息的提示。空空回过去："我晚上有约啦，你自己解决吧。"

再回过来，只有一个简短的"OK"的表情。

沈枫说的那家餐厅不太好找，空空赶在晚高峰到来之前就从公司溜了，换乘了两趟地铁，一路跟着电子地图的指示，又步行了将近二十分钟，才在一个创意园区里找到那家私房菜馆。

她坐下，一口气喝完了杯子里的茶，忍不住抱怨："大哥，下次约饭考虑一下交通状况吧，你们有钱人开车不在乎，我可是走完山路换水路才到这里啊。"

沈枫没理会她的抱怨，用手指轻轻地叩了叩桌面："菜我点完了，他们这儿没菜单的，今天有什么货厨师就做什么，你觉得行吗？"

空空心想：真是多此一问，我还能觉得不行吗？她点点头："好的，老板。"

空空记不清这是第四次还是第五次和沈枫吃饭了，每次都是他选地方，通常在使馆区附近，吃些日料、西班牙菜或意大利菜之类的。

她总觉得自己欠沈枫一顿饭，而且欠了很长时间了，但沈枫显然没当回事。她打量了一下这家的装修风格和就餐环境，知道今晚大概率还是沈枫付钱。

"我说，老板，我们下次能找个性价比高的餐厅吗？你老选些超出我消费能力的地方，我欠你的人情债什么时候才还得上？"空空叹了口气。

沈枫笑了笑，懒得和她讨论。

半年前，一位空空从小就喜欢、持续喜欢了很多年的歌手要来北京开演唱会，开票不到两个小时就宣布售罄了。恰巧那阵子空空的工作开始变得琐碎而繁重，她每天要花很多时间看大量的小说，并进行初步的筛选、分类和评级，试图找出有开发价值的那些，然后在每个人都废话连篇的会议上，努力掩饰自己的失落和郁闷。

乱七八糟的事情塞满了她的脑袋，等她终于从缝隙里偷到一丝喘息的机会，突然想起演唱会这回事的时候，连山顶票都已经被炒到了三四倍的价格。

在一个深夜，空空焦灼地翻遍了所有的社交平台，也没有找到貌似可靠的转票信息。在极度的沮丧中，她不抱任何希望地发了一条自言自语的微博，说起小时候买的卡带和CD，那种令人怀念的握在手里的踏实感，后来实体专辑渐渐式微了，她虽然不喜欢数字专辑，但也一直在支持。再后来，这位歌手不太唱歌了，转身去拍戏，而自己以前生活在清城，根本没想过还有机会能听她的演唱会。这次，是那位女歌手出道十五周年的纪念巡演，北京是首场。

"我竟然会错过……我真是个白痴。"她在最后这样总结，点了发送。

她的微博关注者很少，发完那段话之后，她就决心把这件事忘了。过了两天，午餐时间里她无意地打开微博，才发现那天晚上有一条私信，她没有查看。对方的头像是一张大海的照片，没有认证，也没有简介，私信的内容很简单："我有票，你要吗？"

她觉得一定是骗子，或者黄牛党，循着关键词找来的，她决定忽略。

下午下班之后，她从地铁里出来，走在路上，抬头看见晚霞映红了整片天空，一阵风吹过，鬼使神差一般，她又想起了那条私信。

"多少钱？"她试探着问。

对方在当天晚些时候才回过来："不要钱，送你吧。"

赠票给空空的人就是沈枫。

那天他喝了太多咖啡，到了夜里还没有一点儿睡意，又不想影响太太休息,就独自躺在客厅里看手机。后半夜的网络世界枯燥而乏味,他想起年初的时候,一个在演出公司做高层的朋友问他:"年中有些不错的演出计划,有没有兴趣投点儿广告赞助?"

他权当是人情往来,投了几场,但对那些演出本身他兴趣并不大,每次那边送过来的票他都分发给了公司里的年轻职员——用他的话说,就是那些"小孩儿"。

如果不是因为失眠,他或许十年八载也不会想起来去搜那位女歌手的名字,更没有可能在浩瀚如海的社交网络里看到一个年轻女生颓丧的抱怨。

她提到"卡带",这个词有点儿古老,沈枫想到,她年纪应该不太小了,真正的年轻人他们一出生,面对的就是智能手机和平板电脑的世界,不过他立刻又想到"打口碟"这个更有年代气息的词语,那是他的青春回忆。

也许是因为那段偶然遇见的文字唤起了他内心的某种情愫,也许他原本就是一个乐意做点儿闲事的人,但最真实的原因其实是失眠。

一个睡不着的人,多无聊的事都干得出来。

偶尔失眠的沈枫恰好看到了偶尔发微博的李空空,他给她发了条私信:"我有票,你要吗?"

票是通过同城快送抵达空空手里的,在场馆检票的前一秒钟她甚至还在怀疑票的真假。直到她按照工作人员的指示,找到票上对应的位子坐下后,才在难以置信的心情里找到了一点儿真实感。

那是内场票,位子不坏也没多好,但对空空来说一切都是超出预期和想象的。她在某首歌的前奏响起时落了泪,也在众人大合唱时忘乎所以地跟着和,她注视着台上的人,沉浸在某种难以用言语表述的情绪里,心间仿佛有潮涨汐落。

演唱会结束之后,空空跟着人流走了很久很远,一直打不到车,最后只好向陈可为求助。

"你怎么买到票的?"陈可为开着车来接她回去,好奇地问,"我帮你向同事打听过,她们说炒得太狠了,弄不到。"

"别人送的。"空空自己也觉得这听起来没什么说服力。她想,一定要好好谢谢那位陌生人,至少请人吃顿饭什么的……

等空空真正见到沈枫,距离那场演唱会已经过去很长一段时间了。他说自己刚度假回来,那个地名听上去像是东南亚的某个海岛。

他晒得有点儿黑,穿得闲适随意,戴的表却是价格不菲。空空和他聊了一会儿天之后,忽然联想到颜亦明——不,一点儿也不像,只是透出某种隐约的关联性——她迟了一步才领悟到其中的原因。

先前那些年里,她总是无法自控地猜想颜亦明到底想要什么,什么对他是重要的,他追求的最大目标究竟是什么,现在,她看着沈枫,觉得自己似乎得到了八九不离十的答案。

她的猜测一下子变得具体起来,看起来,沈枫的生活就是颜亦明的阶段性目标——事业过得去,财务状况良好。闲暇之余,喝进口的威士忌,听黑胶唱片,喜爱去国外冲浪或者潜水……总之喜好和品位都不能流俗,最重要的是,能够在一定程度上掌控自己的时间。

沈枫有种经历过风浪的洒脱气质,眉眼间又有常年混迹于生意场上的精干和圆融,身形结实,一看便知是常年健身的成果。空空得知他的年龄后有些吃惊,他看上去怎么也不像是比她大十一岁的样子。

她记得以前在清城的周刊工作时,那些四十岁左右的男同事和男领导,要么是有明显的肚腩,要么是有明显的脱发,现在的公司里大多数同事都是女生,她已经很久没有和"中年男子"打交道了。

"你比我以为的要小一点儿,"沈枫自嘲地说,"我本来以为是妹妹,没想到是侄女儿。"

空空拿不准他的意思:"让你失望了吗?"

"那倒没有,我本来也没打什么歪主意,"沈枫说,"有空就一起吃吃饭,咱们交个饭友。"

他们的友谊开始得莫名其妙,但又基于人间烟火的味道而平稳地延续了下来。每隔一段日子,沈枫就会叫上空空出来吃吃饭,有时心血来潮,也会在工作日叫她翘两小时的班,出来喝杯咖啡。

起初她也怀疑过，这个男人是不是在耐心地试探某种可能性，但时间稍微一久她就彻底打消了这个念头。沈枫对待她实在太规矩了，规矩得像是根本没有性别之分。

"你知道我为什么老找你玩儿吗？"有一次，他自己主动说了，"因为你是我生活圈子之外的人，我们既没有利益关系，也不会产生感情纠葛，跟你一块儿我特放松。"

空空相信这个说法，因为她心里几乎也是这样想的。

很自然地，在某个下雨天，她对沈枫讲了一点儿她和颜亦明的事。整个过程里，她的措辞非常谨慎，尽量客观地描述了他们的关系。她讲得很清浅，没有怨怼也没有控诉，只是在最后，她问了一个不应该由沈枫来回答的问题。

"我对于他而言，到底意味着什么呢？"

沈枫沉默着听了很久，脸色平静，他说："我不认识那人，不了解也不好乱讲，不过如果你是想问他到底爱不爱你的话，我倾向于是爱的……"空空猛地一顿，可是接下来的话又让她的心冷了大半，"但是吧，每个人心里都有一个价值排序，听起来，你在他那个价值排序里是比较靠后了。"

她感觉很糟糕，被刺伤了自尊。不是因为沈枫自以为是的判断，而恰恰是因为她知道，他的判断是对的。

"你不会一直这么耗下去的，人只有在年轻的时候才会误以为有什么感情是真的能够一生一世，你现在多大来着，二十六？噢，快二十七了，那就是说，离三十岁也不远了。"

空空有些生气："三十岁怎么了？会死吗？"

"不，我一点儿贬低女性的意思都没有，"沈枫耸了耸肩，"这和性别没关系，我们男人过了三十新陈代谢也会慢下来。我第一次发现自己老了，就是三十出头那会儿熬夜看欧洲杯，第二天脑子完全不能正常运转。我的意思是，到了某个时间节点，人的身体机能就会有明显的变化，心态和感情也一样。"

有一瞬间，空空希望自己不要相信他说的这些，哪怕是真的。

外面的雨还没停，在一年四季都不太下雨的北京，这种天气简直罕见。在一道划破长空的闪电过后，空空想起在清城的家里的那把黄色雨伞。在潮湿多雨的家乡，她经常把它放在随身包里，此刻她非常想念它。

沈枫看出了她的踟蹰，他拿起了车钥匙："这天儿可不好叫车，我做点儿好事送你回去吧。"

当陈可为问出"那个人是不是在追求你"时，空空差点儿笑出声来。

那是一个周五的晚上，尽管他们都没有加班，可前后脚回到家也已经快八点了。空空提议："叫个外卖吧，你想吃什么？"

他们在"吃什么"这个环节又浪费了十分钟。周围的饭店餐馆他们都已经吃了个遍，川菜、湘菜、西北面食、酸辣粉、炸鸡、参鸡汤、沙拉、比萨、意面……空空机械地念着这些名词，最后她抬起头来，和陈可为绝望地对视着。

"我煮拉面给你吃吧，你先去洗澡好了。"陈可为拿了主意。

太好了！

空空感激地把手机丢到了一边，奔向卧室拿家居服，进浴室之前她突然想起来："欸，我要两个煎蛋。"

厨房的储物柜里有几包日式拉面，陈可为检查了一下生产日期，确定还在赏味期内。这种傻瓜式的快餐是他以前用来应急的食物。

他先煎好三个鸡蛋，盛在一只白瓷碟里。再从冰箱里找到两颗小青菜，洗干净之后在滚水里烫两分钟，捞出来备用。接着开始烧水，水位线严格地控制在相应刻度上。几分钟后，把面扔进去，盯着手机上的时间，到点关火。

空空在餐桌坐下时，那碗面刚好端上来。

他们平时很少在餐桌上吃饭，都觉得太正式了，只有禾苏过来的时候，做的菜比较多，餐桌才能发挥点儿用处。

"我有天看见你朋友送你回来，"陈可为没有任何预谋，"很好的车。"

空空在吃第二个煎蛋，她太饿了，狼吞虎咽的，脸颊因为包了太多的食物而鼓鼓囊囊："嗯，好像挺有钱的吧，我也不清楚，没问过。"

顿了顿，陈可为说："我不是八卦啊……那个人是不是在追你？"

"你可算问了。"空空心想。那次沈枫送她回来，其实她也看见陈可为了，不过到家之后他们谁也没提这件事，她以为他根本不在意。

拉面已经吃完了，煎蛋也吃完了，她放下筷子。

"他年纪……"她本来想说"蛮大了"，突然意识到这个说法有点儿伤人，于是又改口，"……不小了，他有太太的，怎么可能追我啦？"

陈可为神色变得严肃起来："有太太我才担心啊。"

"你担心什么？"

好像一下子回到了十七八岁的时候，明明心照不宣可还是有点儿腼腆。他们都有点儿紧张，虽然一时没有声响，可分明都感觉到某个关键的时刻到了。

陈可为起身去厨房，从冰箱里拿了两瓶气泡水，给了空空一瓶，又过来坐下。

空空注意到，他眼角眉梢都写着慌乱，她决定什么也不说，把主动权交给他。

"你知道的吧？"陈可为说。

"什么？我不知道。"她像是故意的，在和谁赌气似的。

一丝失望爬上陈可为的脸，他认为这相当于拒绝了。场面变得非常尴尬，两个人像被定在了餐桌旁，出于一种奇怪的自尊心，谁也不愿意先起来。

他们僵持了很久，其间甚至都开始玩起了手机，先前的对话就像没发生过。最终陈可为决定由自己来承担这个后果——毕竟……他想，事儿是我挑起来的。

"我去洗碗吧，"他站起来，"你早点儿休息。"

空空面无表情地点点头。

她在书房里，只留了一盏小夜灯。原本打算晚上再加班干点儿活儿，可当她意识到自己已经对着电脑发了半个小时呆之后，就彻底放弃了。

她合上了笔记本，有些恼怒，又不知道是冲谁，很大可能性她知道是冲自己。"为什么要表现得那么尖刻？我明明清楚地了解他的意思不是吗？"

该如何向陈可为解释呢？她脑子里瞬间涌来那么多恰当的话，像是一朝被蛇咬，十年怕井绳之类的，可是一旦开始解释，就不可避免地要讲到颜亦明——而这是她内心隐痛的秘密，她不可能像对沈枫那样毫无顾忌地对陈可为说起。

一番天人交战之后，空空认识到自己已经错过了那个关键性的时刻。明天起来，他们都不会再提起今晚在餐桌旁那个愚蠢的话题了。也许他约了朋友，也许她会出去和宝音碰个面，逛逛街……

她想到宝音，就想到自己曾经说过的话——我想成为她那种人,对什么都有把握,不会搞砸任何事——如果今晚是宝音,她一定会处理得比自己好一百倍。

轻微的挫败让空空丧失了熬夜的兴致,她正要关上小夜灯爬上床时,传来了轻轻的敲门声。

"空空,你睡了吗?"

那个时刻奇迹般地又回来了。

她镇定了几秒钟,咽了口口水,回答:"没有。"

他们都比几个小时前松懈多了,还欲盖弥彰地打开了电视,虽然谁也没认真看。空空喝着加了冰的柚子酒,陈可为又开了一瓶气泡水。

"我们认真谈谈吧,"他说,"晚上我太冒昧了,你别往心里去。"

"你别这么说,我过分些,"空空双眼看着电视,而她的目光其实看向的是比电视遥远得多得多的地方,"你没说错,我确实明白你的意思。"

"我不想让你不舒服,退一万步讲,我们也是好朋友,我不想把这个关系破坏掉。"陈可为说,非常真诚的样子。

"我知道,我也是这么想的,真的。"她坐过去,握住陈可为的手,小心翼翼地摩挲着他手背的皮肤——这个动作让她感到很熟悉,却一时想不起来是为什么。

陈可为的睫毛扑闪着,眼睛湿润:"说句题外话吧,从很早的时候你就给我留下一个印象,这个印象直到今天也没有变,我一直不好意思说,可能你会觉得很幼稚,很好笑……"

"怎么会呢,你说嘛,是不是孤僻,不合群,怪里怪气?"空空想起那个动作的由来了,同时感觉到心脏收缩。

"不是,我觉得你像动画片里那种,打着赤脚一直跑的小孩儿。"

很久之后,当他们之间走到图穷匕首见,连好朋友这层关系都作为代价被摧毁的时候,空空依然还记得自己听到他这句话时的心情。

原本存在于她想象中的神秘而凶悍的大海,从这一刻起有了风平浪静而温柔的一面,波浪轻柔地冲刷过她的身体,退下去,又再次温柔地扑过来。

不知道是陈可为的表白太过动人,还是清香的柚子酒后劲涌上了头脑,她心里忽然有种抑制不住的冲动,想要把那个秘密吐出来。她想把自己和颜亦明的事情从头到尾讲述一遍,她曾偏执地认为是命中注定的相遇,充满了压抑和忐忑的不平等的爱,无疾而终的分别,周而复始的困境……但最终她及时地扼住了自己的倾诉欲。

不能讲,任何故事一旦有了听众,就会变得面目全非。空空明白这个道理。

"陈可为，你原本要和我说的话，你现在还能说吗？"空空低声说，"如果你不明确地说出来，我就不能肯定……我不能再表错情。"

陈可为听出了一点儿眉目，但他同时也知道此刻不是寻根究底的好时候，显然他面对的有更重要和更困难的部分。他咳了两声，做好登场的准备，差不多了，这次不说以后也就不用再说了。

"碧薇，我这样叫你行吗？"他的表情看上去有点儿过于庄重了，空空的点头对他始终是鼓励，"OK，碧薇，我是想说，我们已经认识很久了，在一起住也大半年了，互相也算比较了解了，我是想说，如果我们的关系有更近一步的改变，你愿不愿意？"

"你是说，变成恋爱关系，男女朋友那种吗？"

"对，我就是这个意思。"

空空原本以为，人生中的这种时刻一定会有种明显区别于往常的感觉，像是忽然置身于旷野或冰原，又像是烈焰灼身而引起浑身颤动，可是什么特别的事情也没有发生，她的呼吸和心跳都很正常。在这个刹那，电视里的嘈杂依旧真切，冰水顺着杯壁流下来弄湿了她的手掌，所有的浪漫在她真正开始期待什么的时候就已经完结了。

"打着赤脚一直奔跑的小孩儿"，她以为这是开端，可是接下来的话语充满了质朴，就像陈可为本身的性情一样，他踏实、严谨、明朗，是个绝对安全的相处对象——可她忘了自己往往只会被危险吸引。

她尝试着用玩笑来化解此时的严肃:"如果我说不愿意的话,是不是就不方便继续住在这里了?"

即使是在暖黄色的灯光下,也能清晰地看见陈可为面色一灰,他好像被什么东西砸了一下似的——于是空空立刻知道,自己太轻率了。

"好了,我认真点儿,"她把酒杯放下,另一只手也覆盖在他的手上,"我有挺多缺点和毛病,有些你可能已经发现了,还有些可能你一直都不会发现,不过我觉得没关系,就像你说的,我们已经认识很久了……"

她希望自己的声音听起来是平和而温柔的:"我觉得,我们可以试一试。"

周日的下午,他们约了禾苏在一家咖啡馆见面,下午茶活动进行到中段的时候,陈可为向禾苏宣布了这个消息。

空空敏锐地捕捉到了禾苏眼内一闪而过的讶异,但在陈可为看来,禾苏的反应再平常不过了。

她的笑容近乎热切,又带有一点儿真挚,语气也是让人舒服的:"我早就预料到了,同住一个屋檐下,很难不发生点儿什么,我为你们高兴,"过了一会儿,她又换成了遗憾的语气,"以后不能老找你们玩了,我得懂事儿点儿,少当电灯泡。"

陈可为什么也没听出来:"说这些,还是和以前一样的好吗?你有空就过来聚餐啊。"

空空什么也没说,她戴上了在公司才用的那张面具,一直保持着非常得体的微笑。在陈可为去洗手间的时候,禾苏才问:"我是第一个知道的吗?"

空空点了点头,她本来想说"你先别和我们共同认识的其他人说",可她知道,这要求不但有点儿虚伪,也根本不可能实现,禾苏不是那种善于为别人保守秘密的人。

接着,禾苏又问了一个空空绝对没有想到的问题。

"你们睡过了吗?"

气氛陡然变得森冷,空空沉默了几秒钟,试图思考禾苏到底只是八卦,还是另有意图,她很快就得出了结论——无论是哪种,禾苏都越界了。

她往后倾了倾身,靠在椅背上,尽量跟禾苏拉开一点儿距离。

"这和你没关系吧。"她还是笑着,但语气中充满了疏离感。

禾苏凝视着空空,过了一会儿,她耸了耸肩,既没有为自己的失礼向空空道歉,也没有表现出继续深入探究的意思。

陈可为回到座位坐下,发觉有点儿不对劲:"怎么了?"

"没什么。"她们异口同声地回答他。

(6)

早晨五点二十分,闹钟还没响,宝音已经睁开了眼睛。从很早以前她就发现,闹钟这东西对于自己其实只是一个备用方案,她真正依靠的其实是生物钟。

等到闹钟响起来的时候,她已经洗漱完毕,进入护肤步骤了。

她拉开窗帘,打开窗户,呼吸了几口外面的空气,混沌的大脑渐渐清醒过来。出门要穿的衣服昨晚已经熨好,挂在衣橱里,现在只要换上。

整装完毕,才过去十五分钟,她想了想,还是决定做杯咖啡喝。厨房抽屉里有她特意为了这种时候准备的一次性咖啡杯。她计划在路上把咖啡喝完,到了机场把纸杯扔掉,等过了安检,再找个店吃早餐。

五点四十分,一切都已经准备妥当,她出门前最后一次检查了随身包里的护照、一次性手机卡和签字笔,拖上旅行箱,端起咖啡,打开了家门。

提前约好的车已经在小区门口等着,上车之后,宝音跟师傅确认了一遍目的地:"首都机场T3航站楼,对,没错。"

在熹微的晨光中,车子平稳地行驶在机场高速上。她喝了口温热的咖啡,给叶柏远发了条微信:"我出发了,大概半个钟头到。"

叶柏远的信息很快回过来:"我已经到收费站了。"

今朝的太阳刚从地平线上冒出头来，天色已经大亮。透过车窗，宝音沉默地看了一场完整的日出。

为了和国庆出行的大部队错开时间，他们特意把旅行往后推了三四天。尽管如此，出发大厅里的人还是很多，每条值机的队伍都排成了壮观的"S"形。宝音在E岛的队伍里找到了叶柏远，他排在很靠后的地方，但她还是尴尬地向其他人解释："不是插队，不是插队，我们是一起的。"

等她站到叶柏远旁边的时候，才忍不住说："你干吗不等我到了再一起排？要是别人以为我插队多不好。"

"反正同行人的登机牌是一起办的啊，你又没占别人的时间，"叶柏远觉得她又在小题大做，"再说，你早点儿到不就好了吗？"

"我又没有迟到。"这句话几乎已经要脱口而出了，但她硬生生忍了下去。叶柏远没有说错，她早点儿到不就行了吗？如果出门前不做那杯咖啡，她肯定到得比他要早。宝音垂下眼睑，把脸转向另一个方向，没再和他纠缠。

过了海关之后，宝音的情绪振奋了一点儿。他们去一家港式茶餐厅吃早餐，两人都要了太阳蛋车仔面。顾客不多，服务员很快就把面端上来了，他们一边各自吃着面，一边刷着手机，其间几乎没有任何交谈。

"大概往后很多年我们都会这样下去吧，"宝音心想，"就像父母一样,如果没有什么事,他们可以一整天只说两三句话:吃早饭了,吃晚饭了和我先睡了。"

离登机还有一段时间,叶柏远主动提出由他把两人的随身行李拎去登机口,让宝音轻松地去免税店:"反正坐在那里也是闲着,你逛逛吧。"

宝音想了一下:"好的,就这么办吧。"

在免税店里,所有热门品牌的柜台前都水泄不通地挤着一堆人。事实上,宝音刚进去就已经想走了,但因为有几个关系不错的女同事托她带点儿彩妆,她一想,反正迟早都是要买的,不如趁现在买了寄放在航站楼,回国的时候再取,这样最省事。

她对照着备忘录里的购物清单,迅速地拿完了不缺货的单品,整个过程不超过十五分钟。直到排队结账的时候,听到工作人员在对前面的顾客说:"请出示一下您的护照和登机牌。"她这才想起护照和登机牌都在包里——被叶柏远拎走了。

一看时间还很充裕,她便决定自己去登机口取登机牌。

还隔着一段距离,宝音已经看见叶柏远,他坐在一个充电口旁边的位子上,背对着她,低着头在看手机。她没有叫他,只是很平常地走过去,靠近,说:"我忘了……"叶柏远的手机屏幕被极速切换到了主页面,他闪躲得干脆利落。

他的神色没有一点儿不自然,关切地问:"买完了吗?"

"没有,我忘了结账要用登机牌和护照……"她从包里拿了东西,冲他扬了扬,又往免税店跑去。

直到宝音跑开很远,叶柏远的魂魄才归位。他心有余悸地吐出一口气,觉得还是不放心,起身换到对面的位子,坐定,他打开微信,把刚刚没来得及打完的那句话续上,再发出去:"废话,我当然会想你。"

遵照他们的约定,这趟旅行的行程从头到尾都是宝音做的。而叶柏远好像刻意要表现出对她的信任似的,一次都没有过问过。

"反正我老老实实跟着你就行了吧。"飞机快落地时,他笑嘻嘻地对宝音说。宝音正在专心地填写入境卡,没有回话。

航班在札幌的新千岁机场降落之后,他们一路都很顺利,取完行李,坐上去市区的电车,下车出站,跟着电子地图的指示,一点儿弯路也没绕就到达了宝音预定的酒店。

直到办完入住,宝音才悄悄地松了一口气,露出了明快的笑容:"在路上我还有点儿担心搞不定,你会嘲笑我呢。"

叶柏远直到这一刻才真正确定——早上,她的确什么也没看见。

在飞机上的三个多小时,宝音一直在睡觉,他连试探的机会都没有。整个航程中他始终心神不宁。而现在,他凝视着女朋友的脸——这张美丽的面孔因为对欺骗毫无察觉而显得更加纯真动人。内疚取代了担忧,他短暂地陷入了对自己的鄙夷之中。

"你是想在房间休息一下再出去吃东西,还是放下行李就去?我都可以的。"他的声音充满了体贴。

"我查到一家很好吃的汤咖喱,我们现在就去吧。"她仰起脸,眼神明亮。

"是不是因为在一起太久了,"叶柏远猛然想到,"我差点儿忘了周宝音有多漂亮了?"

头三天他们相处得还不错,节奏合拍,有商有量,把札幌附近的观光点都去了一遍。后面两天,他们要去距离更远的富良野和洞爷湖。宝音事先联系了一位当地的司机,算下来价格虽然比自己搭电车倒巴士要贵一点儿,但时间上却方便很多。

司机是一位在北海道生活了很久的中国女性,性格幽默爽朗,一路上讲了很多笑话,和坐在副驾驶的宝音聊得也非常愉快。

大多时间里,叶柏远都是沉默地坐在后面摆弄手机。表面上看起来,他对她们聊的东西不了解,参与不进来,但偶尔不自觉流露出的笑意却泄露了些许隐秘。

一旦到了景点,叶柏远就变得亢奋起来。他一拿起相机,好像就变了一个人,坚持不断地从各个角度给宝音拍照,偏执狂似的摁着快门,哪怕宝音明确地表示自己不想拍了,他也不愿意放下相机。

在四季彩之丘的那个下午,他们果然发生了摩擦。

"你能停一会儿吗?我实在笑不出来了。"在一片金黄灿烂的向日葵田边,宝音强忍着不耐烦说。

"又没人规定照片必须是笑着的,"叶柏远没有闻出火药味,他的视线还停在取景器里,他还在寻找最漂亮的画面,"你以前那些闭着眼睛的,还有些背影的,不是都很好看吗?"停顿了一下,他解释说,"我看你这几天在社交软件上一张照片也没发过,以为是我拍得不好,你没有满意的,所以我想多给你拍点儿。"

宝音望了一眼在几米之外等他们的大姐,压低了声音:"柏远,谢谢你,但我真的不想拍了,我们安安静静地欣赏一下景色好吗?"她有种不容再反驳的坚定。

叶柏远这才意识到她的抗拒有多强烈,顿时有点儿受挫,但他还想尝试着开个小玩笑:"OK,不拍了,明天你想请我拍我也不拍。"

"我不会的,你放心吧。"宝音冷冷地说。

叶柏远脸色一沉,把相机收进了背包里,接下来的时间他没有再把相机拿出来,也没有再和宝音说话。

这几句只有他们自己听见的对话,成了毁掉他们整个旅程的开端。

回程的路上,大姐热心地问宝音:"这两天玩得开心吗?"

她点点头:"挺开心的,花田和湖都很美,在土产商店买的手信也很划算。"她假装不经意地把头靠向车窗玻璃,右侧后视镜的某一个角度刚好能看见后座,手机屏幕的冷光映着他面无表情的脸。

回到酒店房间,只剩下他们两个人,气氛凝重而尴尬。叶柏远好像在等一个道歉,而宝音只希望能够单独待一会儿。他们僵持着,都没有意愿主动打破僵局。

他们原本可以聊聊晚上吃什么,就在前一天他们还罗列了很多选项:天妇罗?寿喜锅?烤肉?或者最后再去一次那家汤咖喱?但谁也没心情说这些。

宝音披上外套,从桌上拿起一张门卡,沉默地离开了房间。在酒店对面的便利店,她买了一包烟和一瓶热的乌龙茶,站在便利店门口的吸烟处点了一根。

"他竟然真的以为我什么也没看见,"她脸上浮起一个讥讽得近乎凄厉的笑,她想,"但这不是最糟糕的,最糟糕的是我好像真的一点儿感觉都没有。"

我真的,不在乎。

她用力地吸了一口烟,轻轻地吐出来。身体某个地方有丝丝隐痛,既不是因为吸烟,也不是因为叶柏远。

旅程的倒数第四天,他们到达了青森。宝音订的是一间高级酒店,每天定点会有班车来车站接客人。

他们在站内餐厅潦草地吃完了味道不太好的中饭,然后便枯坐在车站的长椅上等待着班车。现在他们已经恢复交谈了,虽然还是有点儿别扭,但叶柏远认为,一切都只是因为人在异乡,等旅行结束,他们回到北京,回到他们最舒适和熟悉的生活节奏中,这些龃龉带来的不快便会烟消云散。

他太有把握了——周宝音不是那种锱铢必较、耿耿于怀的性格。

他先开口,企图在无聊中找点儿话讲:"我看新闻说,这几天可能会有台风登陆,不知道会不会到这边来。"

"管他呢,真来了我们也没办法。"

"为什么人总是在向往着另一种生活状态?在家久了,就很想出来;一旦真的出来了,又还是觉得家里好。"

"生活在别处,是这样的。"宝音望着站前的艺术装置,那个作品是想表达什么?她完全看不出来,同时脑子里在想:现在应该没什么人读米兰·昆德拉了吧?就连她自己也很久没翻书了。

中午一点多的太阳直射在空旷的停车场,灰白的地面反射出令人目眩神迷的强光。宝音希望自己在剩下的旅程里能够表现得高兴点儿——哪怕是装出来的。她主动去买了咖啡和冰可乐,回来之后,他们又等了十分钟,班车终于来了。

行经一大片仿佛永远也探不到边界的山毛榉林之后,这一车的旅客到达了酒店。一进入大厅,讲着不同语言的工作人员便开始分别接待来自不同地方的客人,为他们办理入住。

讲中文的接待只有两三位,并且都已经有服务对象了。宝音不愿意又浪费时间在等待上,于是她试着用蹩脚的日语夹着准确的英语和一位年轻的工作人员进行沟通。她说着说着才发现,这其实并没有什么困难,像这样的高级酒店,流程早已经标准化。双方只要像设置好的人工智能一样,按照顺序,一个步骤接一个步骤地进行下去,直到完成就行了。

等护照回到她手中,她回过头去,看到叶柏远朝她比了一个"赞"的手势。

房间是和式的,面积非常大——大到宝音第一眼看见就觉得钱花得很值。茶台上摆着茶具,小巧的器皿盛着几块曲奇饼干。衣橱里整整齐齐地摆着几套浴衣,S、M、L三个尺寸都有。

叶柏远已经脱掉外套,躺到了左边那张床上,坐了大半天车,现在终于可以松懈下来了。他很久没有露出这一面了——孩子气的、有点儿顽劣的样子:"宝音,过来,让我抱一会儿。"

她过去,顺从地躺在他身边,任由叶柏远的手臂从她身后揽住她的腰。

"你做的行程,其实蛮好的,"他亲了一下她的额角,"宝音,我有时候会想,我需要你其实远超过你需要我。"

宝音感觉到叶柏远的手在轻轻地抚摸着自己,她明白这意味着什么,可她的身体完全无动于衷。过了一小会儿,叶柏远察觉到了她的僵硬,便停止了动作。

周围太安静了,以至于不可能有任何外界的因素来转移他们的注意力。在这种轻微的绝望感里,宝音听见叶柏远低声说"没关系",像是好心安慰她一样,她觉得有点儿荒唐,她又没打算说对不起。

晚上过得风平浪静,周围只有森林,根本无处可去。在酒店餐厅吃过晚餐,休息了半个小时之后,他们各自去泡了一会儿温泉。叶柏远先回到房间,发了很久的微信之后,宝音才慢吞吞地回来。

她穿着素色的浴衣,刚洗过的头发柔顺地散在脑后。浴衣的领口露出一截白皙的皮肤,有种冷淡的性感。叶柏远的目光落在她身上,却一点儿念头都没有。

无事可做,电视也看不太懂,叶柏远提出来:"要不我们去大厅喝点儿东西?"

宝音摇摇头:"我刚在那里喝了两杯红茶才回来。"

"为什么不叫我和你一起?"

"我以为,"宝音的表情让人看不透,无悲无喜却又似乎同时包含了这两种情绪,"你会想自己单独待着,更方便些。"

微妙的笑容凝固在叶柏远脸上,他感应到她的话里有某种危险性,于是决定截住它:"我们明天的计划是什么?"

"噢,很简单的,就在奥入濑溪流徒步,看看植物、青苔什么的……"宝音从旅行箱里拿出一双白色的球鞋,提前为明天做准备,"徒步完回酒店吃晚餐,再泡个汤,后天去东京,很快我们就可以回家了。"

她说完,自己先松了一口气。

谁也没想到,就算是这么单一而周全的计划也能引起不快。

出发时一切都很正常,头一两公里,他们的心情都很好,时不时还停下来拍拍照,聊聊天。宝音一路上捡了不少掉落的小松果和色彩鲜明的落叶,通通放进一只小小的帆布包里。到了中段,她渐渐跟不上叶柏远的速度了,可当对方提出来等她的时候,她却倔强地拒绝了。

她这才发现,这双新鞋虽然轻便,但并不适合长时间的步行。

到了第一个休息点,手机才有了一点儿不稳定的信号,宝音不完全确定,这是否就是令叶柏远抓狂的原因。他们休息了一会儿,吃了点儿东西,各自去了趟洗手间,很快便又投入到徒步中。

刚开始那种轻快愉悦的氛围已经不复存在了,剩下的路程就像是一种强制性的、不能不完成的目标。随着时间的流逝,离候车点还有很长一段距离,宝音的双脚越来越疼,但她始终一声不吭。她忽然意识到这次徒步就像是对他们的恋爱的一种隐喻——风景优美却也无聊,而不适感和痛感都只属于她一个人。

她一点儿也不知道,在这段长长的、布满深浅新旧的绿色的林间道路上,她的身影是所有人中最笨拙、最沉重的。

如果她能从后面看到自己,就会发觉,她看起来像是背了什么东西,可是再定睛一看,明明什么也没有。

那场他们只提起过一次的台风,没太当回事的台风,在行程的倒数第二天登陆了关东地区,严重影响了交通,几乎所有的新干线列车都被迫停滞。宝音很久都没有忘记,在新青森车站苦等的七个小时里,叶柏远是多么地焦灼、担心,一次次从小小的候车室里出去,在站台没人的地方打电话,发信息。

她起初有点儿惊讶于他的不加掩饰,但很快就释然了。

广播里密集地重复着日语播报,她以自己仅有的水准认真听着,分辨着,努力想要抓取到一点儿对他们有利的信息,可那些声波却只是反反复复、徒劳无用地消失在空气里。

她想去车站的人工窗口打听一下,却被长得惊人的队伍吓住了,有些欧美面孔夹在平静的日本乘客中间,显得和她一样仓皇而搞不清状况。她从便利店买完零食和饮料,路过透明玻璃建造的吸烟室时,再一次被吓住了——那个并不宽敞的密封空间里站满了人,白色烟雾浓得像化学毒气,他们的脸在浓烟里影影绰绰——她站在那里,死死地盯着,几乎不能动弹,像观摩一场先锋艺术实验。

她身体的某个地方,又一次痛了起来,像是警醒和提示:有没有可能,你自己也在一场实验之中?

叶柏远从站台那头跑过来,接过她手里的乌龙茶和巧克力,问道:"打听到什么了吗?"

"没有,无功而返,"她叹了口气,"这是不是我们一起经历过的最糟心的旅行?"

叶柏远听出了她的失望和自我否定,毫不迟疑地宽慰她:"台风又不是你的错,没关系的,没关系的……"他已经恢复了沉着,像是想要补偿自己先前的轻慢似的,一直对她说着"没关系的",却根本不明白这有多不恰当。

她的头抵在他肩膀,饥饿、疲惫和不确定性让她丧失了听觉,仿佛坠入了另一重维度。有一句话不断地从心里冒出来,又被她狠狠地吞下去——都会过去的,一切都会结束的……

从东京回北京的航班上,宝音在吃完飞机餐里的冰激凌之后,忽然问:"其实,我们当初为什么会定下每年都要和对方一起旅行的约定?"

叶柏远原本在翻看漫画书,听到她这样问,沉思了一两分钟。之后他不得不承认,自己也忘了。

宝音的座位挨着舷窗,她转过脸去,望着小小窗口之外无垠的云上世界。强烈的光线让人无法不闭上眼睛,但因为太过强烈,即使她闭上了眼睛,也仍然能够感觉得到光的力量。

"也许是因为那时我们都害怕人生里平庸的部分,所以总是要想办法做出一点儿抵抗的样子,我们装腔作势地谈论文学、戏剧、旅行之类的东西，不是因为我们真的多么喜欢或者了解，而是它们吻合我们对于某种人生的想象。

"浪漫的，不会衰老的，反流行的，貌似与现实有一道牢固的壁垒的，那种人生。

"好像我们只要始终怀有这种热情，我们就能和大多数人不一样。"

叶柏远根本不敢打断她，更别提反驳。她很久没有用这样严肃的腔调和他谈论某件事了，意识到这一点时，他忽然有点儿感动，以为这将会是他们之间一次重新认识对方，并建立更亲密无间的关系的机会。

"我一直没有告诉你，从芬兰那次旅行之后，我就后悔了。但我自己也不明白为什么，每一年我还是硬着头皮，假装很期待，又很尽兴的样子。

"柏远，我们终止这个愚蠢的约定吧。在这种无聊的形式主义当中，我知道你早就累了，我也是。"

他们都长长地呼出一口气，仿佛终于刑满释放。

"世界上大部分的事情，都该在结束之前让它结束，而不是拖到不得不结束的时候，才结束。"宝音想起空空以前写的这个既拗口，又似乎有文法错误的句子——她喜欢这种错落的节奏。

几天后的一个晚上，空空接到宝音的电话。她在陈可为家小区的门口，说有一样东西要给空空。

"你下来拿一下，很快的，我给了你就走。"宝音说。

那只盒子不小，也不太重，空空一直到拆开都以为是化妆品，或是那种造型漂亮得不像话，但吃一口能齁死人的日式点心。她回到房子里，把漂亮的包装纸撕掉，打开盒子，里面是一只中型的玻璃罐子，装着落叶和一些小小的松果。

便签条上是手写的一行字：这里面装着一个宁静的秋日。

第二部分

(1)

进入冬天,在南方长大的空空生平第一次感受到了暖气的威力。在公司可以只穿一件衬衣,最多再披一条薄披肩。在家里,她从清城带过来的那套珊瑚绒材质的家居服根本没有用武之地,太厚了,太热了,穿上就是一身汗。她不得不买了两套薄薄的棉质家居服,一套青白色,另一套的颜色像是洗旧了的牛仔蓝。

"你喜欢这种寡淡的颜色吗?"陈可为问她,"你的衣服好像大部分都是这种色系的。"

"可能我这个人,本身就很寡淡吧。"空空这样回答他。

自从禾苏问她"你们睡了吗"之后,又过了很久,她和陈可为才真正有了点儿什么。

那天是发薪日,晚上回家,空空打开手机银行,确认工资已经到账之后,便把这个月的房租转给了陈可为。没成为男女朋友的时候,她偶尔还会拖拉个三五天,现在她反而特别郑重其事。

等到陈可为加完班回来,随便吃了点儿东西,洗完澡,已经很晚了。睡觉前,他才看到那条提示入账的手机短信,顿时心情有一点儿复杂。

虽说关系已经明朗,但双方都还没有彻底适应这种转变,居住习惯也维持原样不动,以保证各有各的空间。他去敲书房门时,空空正对着电脑在看电影。

听到敲门声,她头都没转:"进来呀。"

"我收到你的房租了,"陈可为这才觉得,自己其实还没有想好怎么讲,但已经开了头,不得不继续讲下去,"其实你不用这样的,我一个人住的时候,房贷也是这么多。"

空空敲了一下空格键,电影暂停下来。

"呀,你就当作我是为了让自己心安一点儿喽,"空空笑嘻嘻,两条腿盘起来坐在椅子上,"我不想搞得像很依赖你似的。"

"可我确实想好好照顾你啊。"

空空又差一点儿笑出来,她觉察出陈可为这句话可能是从一些老剧集里面学来的——以前的男主角大部分都这么善良却自大,想要照顾你,想要照顾你一生一世——天啊,谁需要你们照顾?

但她最终说出来的是:"你已经足够尊重我了。"

对话到了这儿,好像不得不结束了,陈可为讪讪地退了出去:"那我不打扰你了。"

后半段的电影,空空怎么也静不下心来看下去。一种本能的直觉告诉她,陈可为的谨慎里隐藏着某种失落。她把腿放下来,犹豫了一会儿,决定去敲卧室的门。

一切发生得很自然,只是陈可为明显表现得有些羞涩,相比之下,空空是更主动的那个,她在亲吻对方的时候闻到了薄荷牙膏的气味,他的枕头也有种洁净的香味,这些细节都让她很喜欢,某种程度上也帮助了她的投入。

唯一的问题是,结束之后,他们都不知道该说点儿什么。

卧室的窗帘留出一道宽缝,月光白而亮。即使没有开灯,两人的神情也能看得清清楚楚。他们对视了一会儿,忍不住笑了。

气氛一下子缓和许多,空空趴在枕头上,歪着头,突然说:"现在我可以回答禾苏的问题了。"

"什么问题?"

"没必要告诉你,只是女生之间的八卦问题。"

陈可为没有追问下去,此时他的神智还有些飘忽和游离,尚未从刚才的沉迷中清醒过来。他用手指轻轻地沿着空空的背脊划了一道线,心里满足和空虚两种情绪交织在一起。

过了一会儿，空空抱着衣服去了浴室，等她再回来时，却只是站在门边道晚安。

"不一起睡吗？"陈可为有点儿发愣。

"下次吧，"空空笑了笑，"我们有的是时间。"

回到一个人的时候，她才渐渐感觉到了真实。

暖气把屋子里烘得干燥温暖，她穿着轻薄的睡衣，不可抑制地想起那年在颜亦明的公寓里，也是个冬天，她洗完澡之后连背上的水都没来得及擦干，就冲进被子里。

一切竟然已经过去那么久了，她不无伤感地想到。现在的自己已经再无可能那么坦然而不觉得羞耻地在另一个人面前裸露，从身体到情感，毫无保留地交付。

在圣诞节之前，空空得到了一次出差去上海的机会。

原本只是宝音要去参加一个年度大戏的发布会，她前一个月刚升了策划副总监。去年由她负责的一个女性题材的剧集在年中播放之后，口碑一路平稳，虽然没有达到现象级的火爆程度，但总算成为她履历上漂亮的一笔。

这次要开发布会的剧是根据一位著名作家的同名作品改编而成，从初期就一直很受关注，最终定下的男女主角是时下热度和话题性都很高的明星。好几家公司都很看好这个项目，宝音所在的公司也投了一点儿。

虽然以上种种理由，对有心深入这个行业的人来说，每条都很有吸引力，可空空的注意力却只局限在其中一点上。

宝音完全猜中了她的心思："一起去吧，我给你弄个邀请函。××也会出席，你不是很喜欢她吗？近年来她深居简出，回国次数不多，趁这次机会去看看嘛。"她说的××正是那位作家，为了让空空无法拒绝，她努力地循循善诱，"就当陪我嘛，周五参加完发布会，周六我们俩去逛逛街，吃点儿好吃的，周日就回来，多好。"

"你不会是有了男朋友，就不要朋友了吧？"末了，宝音还有最后一击。等了一分钟，她收到答复："我真是怕了你了。"

空空想不出任何理由推脱，再说，假公济私地和好朋友一起蹭着出差的名义享受两天悠闲假期，确实也蛮不错的——这么一想，她便痛快地向公司提出了申请。

老板很痛快就批准了，甚至还带着一点儿鼓励的意味叮嘱空空："你记得把名片带上，到了那个场合给人发发。还有，你多和周宝音学点儿东西，圈子里对她评价挺高的。"

周三晚上空空收拾出差要带的行李，考虑到只去两天，她拿出了那只姜黄色的大号龙骧包。她分别挤了几样护肤品在分装瓶里，化妆品只装了几样基础单品，粉底、眉笔、睫毛膏和一支烟熏玫瑰色的口红，再加一支豆沙色的，都是温柔低调的颜色。换洗衣服只带了两件上衣和两双袜子，牛仔裤和球鞋两天不换应该也没关系。

最后才想起收整内衣，在米色的棉质内衣和香槟色的丝质内衣之间，她忽然停了下来。

鬼使神差，她想起了那个无论如何在这个时候不该想起的名字。

那个春节，他们分别的时候，他只说了一句"我这两年在上海"，那似乎是近年来她唯一一次能够确定他的坐标，后来她便对他的动向一无所知。他偶尔发的朋友圈，内容几乎全是行业资讯，那些字她都认识，但串在一起，她就完全看不懂了，更无法由此做出任何关于他生活隐私的推断。

但这并不是事情的关键啊——她感觉自己一只脚已经踏入了泥潭，另一脚犹犹豫豫不知道该跟上还是怎么办——以前怎么样都可以，都是她和他两个人的事情，可是现在情况不一样了。

"我该发个信息问他一句吗？如果他也在的话，我们说不定能一起吃个饭，喝杯东西，就像我和沈枫一样，不是一直也没问题吗？"她一面这样欺骗着自己，一面已经伸手去摸手机。

"你怎么坐在地上？"陈可为的声音适时响起，他带着关切的语气，"是为了出差郁闷吗？反正只去两三天，等你回来我们去吃火锅吧。"

伸向手机的那只手不太自然地缩了回来，空空挠了挠头："好啊。"

周四中午，空空坚持上完了半天班，从公司拎着大包直接去机场和宝音会合。见到宝音时，空空非常吃惊——她竟然拖着一只24寸的行李箱。

"只去两三天而已，你带这么大的箱子？"

"你怎么背个包就来了？"宝音看起来比她还要吃惊，"你的行李呢？"

双方在短暂的错愕之后，都爆发出大笑。宝音显露出她不同于往日的活泼："到了酒店，我打开箱子给你展示一下吧。天啊，李空空，你也太轻装上阵了。不过没关系，你可以用我的。"

空空怔怔地看着宝音——她今天穿了一件羊绒大衣，颜色非常柔和美丽，比粉色要暗，比烟粉色的饱和度略高。空空想了很久才想起来，以前在一本介绍颜色的小书上看到过相似的色彩，被称为红藤。她的头发和指甲很明显都是特意打理过的，但并不张扬。没戴首饰，倒是戴了一只中性气质的腕表。

"你真好看。"空空由衷地说，她不止一次这样直接向宝音表达过赞美。

宝音对此全盘接受，并回赠似的捏捏她的脸："你也好看。"丝毫没有受宠若惊的促狭之气。

因此让空空更加确认了一件事：世上哪有什么美不自知，只是美人们习惯了他人的赞叹并早已对此免疫。

登机之后，她们坐定，宝音和空空闲聊："你有什么朋友这次要顺便见见吗？"

空空差一点儿就要点头了，但最终，她还是心虚地摇了摇头。

广播里传来即将起飞的播报，请各位乘客关机或将手机调至飞行模式。空空在矛盾和焦虑中觉察到自己贼心未死。她的手指仿佛脱离了理智的控制，飞快地发出一条信息，然后以更快的速度关了机。

她强制自己冷静下来——不管回复是什么，答案都要等到一个半小时之后才揭晓——事实上，她最期待的，是根本没有回复，这样她就无须在道德困境里做出选择。

要习惯把自己交给命运，如果真的有命运这回事的话。

落地之后，上海下着小雨，机舱里手机铃声、短信和微信提示音争先恐后地响起。宝音轻车熟路地打开叫车软件，同时好奇地瞥了空空一眼："你手机没电了？"

空空神色尴尬，目光闪躲，她现在还不能告诉宝音，一个轻而易举的动作或许会搅乱她现在安静平和的生活。但无论如何，在下机前，她还是摁了开机键。

"你在上海吗？我过来出差。"屏幕上，这句话下面什么也没有，就如同她期待的那样。

一种说不清楚的感觉充斥在胸腔里，是庆幸吗？她不太能够确定，但很快，更加强烈并确定的失落感和苦涩填满了内心。她连假装的笑都挤不出来。

"你是不是不舒服？"宝音投来担忧的目光，"忍一下，到了酒店就能休息了，晚上我们去吃本帮菜。"

"没有不舒服，我没事。"空空张了张嘴，没有意识到自己根本没有发出声音。

她们就住在开发布会的那家酒店，分别要了一间大床房，在同一楼层。空空收回身份证时，外套口袋里的手机震了一下，她极力忍住不去看。

在电梯里，,宝音提出让空空先去她的房间，有点儿东西要给她。一进房间，宝音利落地把箱子打开，首先就是把明天参加发布会的裙子拿出来，挂进衣柜。那是一条中长款的水色连身裙，一字领，裙长大概在小腿部位，款式复古典雅又很含蓄。再挂上一件雾霾蓝的风衣，里面搭了件米色毛衣，大概是周六的行头。

高跟鞋带了两双，一双银色，一双绒面暗紫色。

灰色的梳洗包鼓得几乎要胀开，宝音从里面分别拿出了洁面乳、卸妆油、全套的护肤品、化妆品，还有一大罐涂抹式面膜。电动牙刷和美容仪也带了。最夸张的是，竟然还有面巾、浴巾和电风筒。

空空怔怔地看着宝音这一连串不停歇的动作，不禁暗暗咂舌。她没有蠢到以为精致这件事不需要耗时耗神来维系，但亲眼所见，又是另一回事。

并且，空空现在就可以确定，自己永远也做不到像她这样。

"这个是给你的，"宝音笑盈盈地从箱底拿出一只扁扁的纸袋,"给自己买的时候,也给你买了一份。"那是一套三件套的单人床品,浅色的底色上有稚趣的卡通图案。她解释:"没买一次性的,我觉得这种比较环保,以后出差还能用。"

空空一时词穷,不知道什么样的反应才最恰当。

宝音轻轻地推了她一下:"去你房间放东西吧。你要是没有其他约会,晚点儿我过去叫你,我们一起去吃饭。"

两个房间中间只差了六个房号,空空拎着自己的大包,手里攥着那只纸袋,慢吞吞地走在走廊厚厚的地毯上。

这是一整天下来,她第一次暂时把颜亦明抛在脑后,不知为何,她忽然有点儿想念禾苏——自从她和陈可为在一起之后,禾苏就很少出现在他们的生活里了。

禾苏的性情、语言习惯、待人处事的边界感和分寸感,她的敏感度,都有别于宝音,但这个刹那,空空想念禾苏身上那种暖烘烘、热腾腾的东西。

一些细碎的生活片段在空空脑海中闪现:禾苏永远都知道哪些餐厅周三的午市用×行信用卡结账可以打折,而另一些餐厅用APP买券可以省更多;每年电商促销的时候,那些看起来比奥数题还复杂的算法,都是禾苏帮她理清的;禾苏不但教会了她用积分兑各种会员,还手把手地指导了她怎么关闭那些自动扣费的小陷阱。

没错,也许禾苏身上那种和谁都很自来熟,对谁都很亲热的市井气,让她看起来不如宝音超逸潇洒,可是……空空从来没有这样清醒地认识到,其实禾苏才是和自己在同一片土壤里长出来的人。

有时候,你喜欢的是一种人,而事实上你自己却只能是另一种人。

进到房间,空空把包顺手扔在桌上,她没有需要提前挂起来的衣服。想了一下,还是把宝音给她的床品铺在了床上。做完这件事之后,她终于把手机解了锁。

只有三四条微信。陈可为问她到酒店了没有。另外两条是她和琪琪、晓楠共同的群,她们在群里问:"空空,那边好玩吗?"

她心不在焉地分别给他们回复:"到了,和宝音在一起""明天才是发布会呢"。之后手机又震了一下——正是她期许而又害怕的那根羽毛,它轻轻落在了手掌上。

"我下午一直在开会,你待几天?"

她不想让他觉得,好像她在这几个小时里一直傻痴痴地握着手机,等待他的回音。空空甚至有点儿后悔为什么已经把床单铺上了,否则现在还能多争取点儿时间用来假装成不经意,或者说,矜持。

数50下再回,虽然不足一分钟,但比秒回要好。

1,2,3……36,37……48,49,50,原来一分钟不到的时间,比她想象中要长很多,数完之后她才把那句话发过去:"我周日走,这几天你有空吗?"

颜亦明回得很快，毫无拖延和斟酌，这更显出了他在这段关系里一贯的自若："今晚肯定不行了，明后天还说不好，这样，你等我消息吧。"

"那你忙你的，我这边不要紧。"发完之后，她才觉得后半句话完全是画蛇添足。

"你住哪个酒店？"

她把酒店名字和房间号一起发给了他，而他没有再回复，看得出，是真的很忙。空空放下手机，背上好像有一条蛇在爬，冷飕飕的罪恶感紧紧地箍住了她。

第二天的发布会正式开始是下午一点半，但早上七八点钟就已经有两位主演的小粉丝出现在酒店附近。宝音和空空去餐厅吃早餐时，看到大堂里那些兴奋的年轻的面容和他们眼睛里的光亮，交换了一个心照不宣的眼神。

"那是真正的青春啊，看到他们才觉得自己真的有点儿老了。"宝音说。她面前的一个盘子里有一片吐司、一片培根和一个煎蛋，另一个盘子里是水果，还有一小碗加了麦片和谷物的优格。

"你看起来也就二十三四啦，没差多少。"空空说。她拿的是中式早餐，一碗豆花，两三个虾仁烧卖。

"'看起来'三个字已经说明了一切好吗？说真的，我其实并不怕老，你信吗？"

空空点点头："你看起来就不像怕老的人，哎呀，我怎么又说'看起来'？"

她们笑了一会儿，喝了咖啡，又聊了些别的。不知道出于什么原因，宝音最终又把话题绕了回来。

"下个月我就二十八了……我现在还记得十八九岁的时候，那时候我一想到二十岁近在眼前就快乐不起来。十位数字一跳，哇，彻彻底底就是人生的新篇章了。你知道，对于太年轻的人来说，未来不可确定这件事既刺激又叫人恐惧。"

空空露出了对一切了然于心的表情，回想起来，她也曾经有过相似的感受。

"但是那种感觉我已经很久没有过了。现在，生活里大部分的事情你都能猜到结果，人生无非是一意孤行的失败和妥协后的成功。"

随着早餐时间即将结束，餐厅里的客人越来越少。身穿白色工作装的服务人员面无表情地收拾着空桌上的餐具，不时传来杯皿和刀叉碰撞产生的清脆声音。邻桌那个因为不肯喝牛奶而不停尖叫的小男孩，终于被父母带走了——空空偷偷观察过，一直是他妈妈在哄他，佯装生气吓他、哀求他，而他父亲全程都在看手机，一副与己无关的神情。酒店大堂里陆陆续续开始有媒体的人进来，有的拎着拍摄设备，胸前统一挂着蓝色丝带的工作证。

如此嘈杂世俗的一个早晨，空空没想通，为什么宝音突然说起了人生。

在她们有限的交往和相处里，这是周宝音第一次流露出脆弱，或许还有一点点沧桑，而当她露出这一面的时候，空空才发觉这张面孔好像更接近真实。

但这个瞬间马上过去了，当宝音再抬起头来，眉宇间的阴霾已经一扫而空，又是神采奕奕的模样。

"我们上去吧，时间还很充裕，你可以再睡个三四十分钟。"宝音一边说，一边喝完了剩下的咖啡。

发布会在酒店三楼一个很大的厅里，据说内场昨晚就已经布置妥当，但到了发布会开始前的半小时，依然还有表情严肃、神色紧张的工作人员匆忙进出，在进行最后的调整和完善。

空空稍微化了点儿妆，穿着深灰色的卫衣和牛仔裤，大咧咧地去敲宝音的房间门，门打开之后，她看到了无懈可击的周宝音：那条水色的裙子衬得她更白了，鞋子选了银色的，项链和耳钉是配套的珍珠，妆容干净大方。

宝音拿了一只小手包，别人都挂在胸前的工作证，她却别出心裁地挽在手腕上，绕了几个圈，弄得像一件装饰。

空空回忆起老板的叮咛——多和周宝音学点儿东西——她在心里叹了口气："别的东西或许还有得学，这方面，我实在天资欠奉。"

会场里只有前三排的椅背上贴了嘉宾名字，后面都是随便坐的。宝音的位子在第二排。前面两排分别是演员、导演、制片人、原著作家、主持人、出品方和播放平台的几位高层、副导演、编剧和剧集的制作人员。看样子，排位也是费心调整过的。

她们俩在进入会场之后就暂时分开了，空空在倒数第三排找了一个空座坐下来。她本想问一句"请问这里有人吗"，可旁边的人看起来比她还要茫然——于是空空立刻知道，严格意义上，他们其实都是这个场合的局外人。

即使隔着这么远和这么多人，空空也能看见宝音是如何游刃有余地和其他人打招呼，互相问候，交换名片。她的姿态和笑容都恰到好处，既谦逊客气又不会过分谄媚——那些人绝对想不到，这位美丽的女士在早上还怅然若失地言称自己失败。

这才是这个时代的女性，外形和装扮都已经是次要，真正令人折服的是那种由内向外的、强悍的冷酷和克制，不纵容自己的软弱，更不允许自己沉溺其中。她们和男人站在一起的时候绝不是为了陪衬，而是为了形成一种平衡，事实上，她们看上去更生机勃勃。

发布会严格按照流程进行，没什么新意，都是些见惯了的环节，各位嘉宾轮番上去讲一段话，媒体提问一些早就对过好几遍的问题，闪光灯唰唰唰地闪着。空空这一排的人已经走了好几个，根据她以前在周刊的经验，肯定是车马费已经到手了。

看到邻座有人在交换名片，她不禁呆住，她的名片在楼上房间的龙骧包里,从入住就没拿出来过。于是当别人善意地也给她递来几张时,她唯一能做的就是尴尬地重复说"谢谢,谢谢"。

两个多小时之后,终于听到主持人说:"现在是拍照环节,我们先请几位主演合影……现在请导演、制片人和××老师上来合影……有请所有嘉宾上来拍大合照好不好?"

所有举着相机的人都涌了上去,那些不是摄影师的人,也纷纷举起手机,不管角度如何,所有人都在咔嚓咔嚓一顿狂拍。

宝音也在台上,一个明显偏离中心的位置,但不要紧——空空坐在自己的位子上,目不转睛地望着那个方向,心里有点儿感动——她想告诉宝音:"别说是二十八岁,就算是三十八岁、四十八岁,就算是再边缘的位置,也不会有人忽略你的光彩。"

热闹散去,几位明星就像会遁地术一般消失了,人们鱼贯而出。就在空空以为全都结束了的时候,宝音对她做了个叫她过去的手势。

"×老师,这是我的好朋友,她是您的读者,"宝音拉着空空,悄悄地掐了她一下,"她自己也写东西,能不能请您和她拍张照?"

在极度的紧张中,空空大脑一片空白。事后,她仔细地看了那张照片,站在×老师旁边的自己笑得青涩而不知所措,因此反而具有某种动人的天真。

直到凌晨，颜亦明才发来微信："不好意思，今天临时来了杭州，明天应该能回来，到时候联络你。"她看了一眼，没有回复。

(2)

时间仿佛是失调的，五十秒过得很慢，而三天却一转眼就过去了。

在虹桥机场，像她们来时一样，宝音拖着24寸的行李箱，空空依然拎着那只轻简的姜黄色的大包。周六她们逛了好几个地方，一直逛到小腿酸胀。宝音买了几件春装，回到酒店之后发现箱子根本就塞不下了，索性直接叫了快递寄回了北京。空空什么也没买，她一整天都心不在焉。

过了安检，她们去买咖啡。等咖啡的空当里，宝音说："准点起飞的话，四点多也就到了，你能和男朋友一起吃晚饭。"

"对，陈可为好像想去吃火锅，你要不要和我们一起？"

"不了，我的快递上午已经到了，我要回家整理新衣服。"宝音的声音里透着愉悦，笑容也透露出轻松。店员在柜台后面叫："周小姐的咖啡好了。"她走过去，端了两杯冰美式回来。

她们朝登机口走去。

猝不及防地，宝音忽然说："你昨晚是在等一个很重要的人吧？"虽然是疑问句，但语气却是肯定的。

她昨晚心血来潮，想在出差的最后一夜喝杯东西，于是没有发微信而是径直过去敲空空的门，想叫上她一起去酒店顶层的酒吧。门打开时，空空脸上有种热切得超出正常的表情——她心里微微一惊，马上意识到空空一定搞错了，把敲门的人误当成了别人。

当时的气氛明显有点儿滞重，两个都不太蠢的人在眼神交汇的一刹那，就立刻明白发生了什么。

相比之下，空空要窘迫得多，她的面孔和肩膀一起垂了下去，她像一个盗窃未遂的青少年，叫人一时看不透她心里究竟是羞愧多些，还是绝望多些。

宝音不露声色，只是按照本意邀空空一起出去，空空迫不及待地同意了。

那已经是晚上十一点多，空空决定不再等下去，这当然是一个比较自欺的说法，实际的情况是，她已经毫无必要再等下去。

喝了点儿酒之后，她们很轻易地就恢复了亲密，聊起天来也顺畅多了。

空空后来才意识到，宝音或许是为了让她从那种窘困里摆脱出来，才开始说自己的私事，这符合宝音的处事准则——如果我无意窥探到了你的某个秘密，那么我也给你一个我的秘密，让你安心。

宝音先是说起自己的父母，然后是叶柏远的父母。然后，她说，大概是因为她下个月就要满二十八了，到了十月，叶柏远就二十九了，虽然在他们自己看来这完全没有任何问题，但双方父母却越来越频繁地问起他们结婚的计划。她不知道叶柏远是如何狡猾地躲避他们的，但她在应对的过程中明显能够感觉到，那两股力量拧在一起，全都冲她来了。

她说，昨晚接到妈妈的电话，虽然语气温柔，但内容却让她很不舒服。妈妈说："我们都不知道你们在拖什么，都在一起这么久了，什么都给你们准备好了，你们就是没有动静。我知道你现在不想生小孩，我和他妈妈也聊过这件事，没有人逼你们现在就生，但是最起码，可以把婚先结了吧？"

宝音深深呼吸，吐出一声叹息："我在电话里一直强调我正在出差，明天还有工作，可她就像收不到我的声音，也不管是否会影响到我的情绪、我的状态，只说她自己想说的话。她最少说了三次'你马上就二十八了，以为自己还小吗'，我的天。"

"你敢相信吗，她自己还是个知识女性呢！"宝音说完，又叫了一杯鸡尾酒。

空空想起以前在周刊做过这方面的选题，她采写的几个例子都是女生。以常规标准来说，那几个女孩各方面条件都不如宝音优越，可她们在这件事里所承受的压力、委屈甚至羞耻感……可以说是不相伯仲。她们明明有自己的目标，有想做的事和想要实现的价值，并且从未吝啬于表达，但除了她们自己之外，没有人在乎。

但空空很快又想到，她们和宝音的情况还是不同——那几位女生都是单身，她们没有遇到自己的缘分，可是宝音，她不是有叶柏远吗？

空空自己尚未有过切身经验，她的父母不太爱过问她的事。尽管小时候她一度很羡慕那些和爸爸妈妈关系亲近的同学朋友，但近年来她忽然觉得，自己家人那种不拘细节、大大咧咧的相处之道未尝不是一种智慧。

再加上，天生的敏感让她从小就很懂得掩藏自己真正的想法，以至于长久以来，父母一直把她当成一个很乖但不特别聪明的小孩，因此更不愿意太过要求她，苛责她。而她很早就无师自通地领悟到：乖和笨加起来，是一层很好的保护色——你只有在某些事上表现出稚拙，才有可能在另一些事上获得自由。

"那叶柏远是怎么想的？你们讨论过吗？"

"他？"宝音挑了挑眉，笑起来，"虽然我没有问过，但我敢肯定，他对结婚的抗拒肯定不亚于我。"

"怎么会？"空空是真心感到惊讶，"你们看起来那么登对。"

"哈哈哈，你又说了'看起来'，哈哈哈……"

昨晚留给空空印象最深的是宝音微醺的脸，和脱妆的睫毛膏在她眼睑晕开的黑色痕迹。她们离开酒吧时已经过了十二点。

空空的手机一直留在房间里充电,她回到房间,看到有一条新的微信,来自颜亦明,送达时间是二十分钟前。

"对不起,我今晚还在杭州,你是明天走吗?"

不要紧了,一切都不要紧了,不知道是不是酒精让她神智涣散,她竟然笑了起来,觉得自己真是又蠢又卑贱——她今天还穿了那套香槟色的丝质内衣。在宝音来叫她之前,她一直坐在窗边的沙发上,呆呆地望着窗外璀璨的灯火。

"总有比我重要的事,我习惯了。"她原本想这样回,但电光火石之间,她知道,什么也不必说了。沈枫早就告诉过她颜亦明没有告诉她的事情——"你在他的价值排序里比较靠后"。

她坐在一场气数将尽的梦里,光亮点缀着黑夜,如同星光落在遥远的海面,既虚幻,又破碎。

如果不是宝音直截了当地问起,也许她一生一世都没有勇气向任何人讲述昨夜她内心深处的煎熬与交战。

她极力想表现得平静一点儿,像一个真正习惯了失望的人,可是一开口,悲伤就随着声音里的颤抖一齐流露出来。她向宝音坦白:"是的,你来敲门时,我以为是他……我知道这是不对的,甚至是罪恶的,但好像就是没有办法不去期待点儿什么……说出来你可能不相信,当看见门外的人是你,我彻底松了口气。"

空空的目光像是在眺望那个刚刚过去的夜晚。

"从昨晚到现在,我心里一直有种感激。不是对你,更不是对那个人,我想也许我就是单纯地感激事情是往我潜意识里最希望的方向发展的,感激某种力量让我没有掉进深渊里,没有让我无可救药地陷入道德的绝境里,尽管我始终是被动的。"

登机口的电子屏上显示出了"开始登机",同一候机区的乘客们纷纷起身开始排队。她们俩是少数没有动作的人。

宝音的表情像含着一颗发苦的糖。空空讲的这些和她所想的,根本不是一回事。她自作聪明地以为空空热切的期待背后,是对新鲜感和刺激的追求,是一个新的人,一种陌生的可能性,一时的兴起和自我放任……她没想到,那是一个旧的人,一桩长久以来哽在空空心间的旧心事,空空明明生活得还不错,有朋友,有恋人,但她仍然时不时流露出那种似乎有什么东西再也找不到了的眼神,原来这就是原因。

空空拍了拍宝音的肩膀:"走吧,登机了。"

她们的位置在最后一排,落座之后两人长久地沉默着,各自咀嚼并消化着自己的情绪。起飞之后,宝音把遮光板拉下来,逼仄的空间里顿时陷入了昏暗。

她们都戴上了耳机,闭着眼睛,似乎都有睡一觉的打算。空空听完一首歌之后,忽然睁开眼睛,恰好撞上宝音的目光。

"还有一个多小时,你愿意聊聊吗?"

迟疑了一会儿,空空说:"好。"

那年她刚毕业，青涩、莽撞，浑身充满了一股年轻的朝气，进入清城一家周刊实习，所有人都叫她李碧薇，或者碧薇。

彼时，借由互联网这头巨兽，各类新型媒体和社交软件得到极速发展并稳固下来，纸媒的生存空间急剧缩减，影响力日渐式微，已是强弩之末。尽管如此，在清城，这家老牌周刊因为资历深，口碑良好，发行量大，广告资源多，一时之间尚未显出颓势，尤其在文青群体中，仍然有不可小觑的号召力。

一开始，李碧薇只负责给副刊写点儿推荐书籍、电影和时尚资讯相关的稿件，这些算是锦上添花的边缘内容，但因为她的文字风格清新活泼，又具有年轻人敏锐的触觉，这个小板块渐渐得到不少认可。实习期一满，她顺利转正。之后，主编时不时会带上她去做些人物采访，一方面是为了让她做些辅助，更深远的意义，则是想重点培养她。

按照惯例，周刊到了年末会办一场文化沙龙，除了邀请几位学者、教授和作家当嘉宾之外，其他对活动感兴趣的人都可以自己报名参加。

碧薇大学时也报名来玩过一次，听得很开心。或许这算得上是某种机缘，正是那次愉快的体验让她对周刊产生了好奇和好感。

这次她是第一次作为工作人员参加年末沙龙，交给她负责的部分没什么难度，只是打杂的活儿。总的来说，这一天她只需要打扮得整洁干净点儿，找个不起眼的位子听听前辈们和青年们的交流，顺便做好记录和整理，回头写篇关于本次沙龙的稿件也就够了。

沙龙在一家阅读空间举办，老板是主编的朋友，场地费用收得很便宜，入口转角还提供免费的饮品。

碧薇到的时候，里面已经坐了一些人，大多是学生模样的年轻人。座位是租来的简易折叠椅，坐着并不舒服，但没人在意这种细节。碧薇远远地向主编挥了下手，就算是报了到，然后她在最后一排最边上的椅子上坐下来，随手从旁边的书架上抽了一本小说开始翻阅。

她是在去拿第二杯咖啡的时候，注意到那个人的——

活动进行到后半段，所有的位子都坐满了，后面来的人只能见缝插针找个空余的地方站着。现在是真正的交流环节，那些年轻的小孩——她一听他们提的问题就知道，他们大部分都还是在校学生，只有尚未沾染风尘的灵魂才会关心文艺、创作、理想、人生该往何处去及又该如何度过这种事情。

她端着咖啡回来，椅子已经被别人占了。她无声地笑了一下，没当回事，默默地往后退了几步，退到了一个书架前站着。

那个书架前，已经站了一个人。

多年以后，空空会想起和颜亦明最初的相遇，其实是如此平淡，毫无戏剧性，更加缺乏诗意的浪漫。他无疑是个好看的男人，但绝对没有好看到在人群中能被一眼辨认出来的地步。

真正引起她注意的，是他身上弥漫着的清苦的气息，好像挨了几拳但始终没有叫痛的样子。

她看了旁边的人一眼，他也看了她一眼。她礼貌性地笑了笑，而对方面无表情地转开了。

李碧薇可以确定，这个人什么问题也不会问，他是偶然来到这个活动的，没有热情，也没有目的性，好像只是在城市里游荡着，无意中闯入了这里。

一个同事从后面绕过来，凑到碧薇旁边小声问："主编说晚上聚个餐，叫我统计下人数，你来吗？"

她摇摇头："我不去了，我要回去把稿子弄完，明天要发。"

同事走开之后，旁边那人忽然开口和她说话："你是工作人员？"

"啊，对……"她发觉自己有点儿莫名地紧张，没能够流畅地向对方介绍自己。片刻之后，她鼓起勇气想要让对话进行下去："你不像是会来参加这个活动的人。"

他笑了笑："为什么？因为我年纪太大了？"

"我不是那个意思。"她在脑子里搜寻着合适的措辞，想要准确地表述出他给她的感觉，但这种感觉太模糊不定，她费了点儿劲，最后也只能放弃。

"我以前看过××好几本小说，还是上学那阵儿，确实过去很久了。上礼拜我来这边买书，看到门口的活动海报上有他做嘉宾的消息，所以今天就来看看。"

碧薇恍然大悟。那位作家现在正在台上回答一个女生的提问,好像是问他下一部作品写的什么,什么时候能出来。

她小声问:"你现在还看他的书吗?"

"早不看了,他前些年写的东西就已经没法看了,字里行间透出一种志得意满的老男人的自私和龌龊,还有伪善。"

短短的两句话,让她惊讶得说不出话来。她没有看过××的书,甚至不太认识××这个人,嘉宾人选是主编定的,她什么也不知道。

"那你还来看他?"她忽然想到这一点。

"我是想来佐证一下自己的看法,"他拿出手机看了一下时间,"我要走了。"

碧薇还没来得及再说点儿什么,他已经离开了。

活动结束之后,人群慢慢散了,大多数同事跟着主编和嘉宾一起去聚餐。碧薇独自一人,精神有点儿恍惚地走去搭车,快到车站时,她才发现那本随手抽出来的小说和她整理记录的笔记本一起被装进了包里。于是她赶紧折返去还书,趁着还说得清楚。

她还没有走到阅读空间就已经看见他。

他从门里出来,穿着石板色的外套,脸上带着一点儿旁人难以觉察的懊恼,直到他的目光像箭一样朝她射过来,那点儿懊恼消逝了,他又恢复了冷静的神情。

再愚钝,她也知道这意味着什么。

眼神对接之后,他们都停住了动作,有一股无形的张力在发酵,两个人都在和自己的好胜心斗争着,那个情景具有某种象征意义——这是碧薇后来才想到的——他们从一开始就都企图占据对自己有利的位置。

最后是她迎上去的,毕竟,她手里还拿着那本要还给别人的书。

"你在等人吗?"她问了句废话。

"你不是不去聚餐吗?我们一起吃饭吧。"他说。说不清楚原因,碧薇看得出来他很笃定自己不会被拒绝。

他们去了一家家常菜馆,在嘈杂中交谈了几句,她知道了他的名字和年纪,他没有自己说得那么老。在这个过程中,她还知道了眼下正是他的低潮期,他原本开了家小公司,做得不好,把员工的遣散费都结清了之后,全部家当只剩余两三万现金,他现在住在一个朋友空着的公寓里,只有一张床、一台热水器和一台老式的洗衣机。

"不过楼下有便利店,蛮方便的。"他满不在乎地说。

碧薇这下知道他身上那种落拓的气息是从何而来了,得志的人不会有他那种神情,也不会像他那样讲话,要命的是,她发现自己竟然不能遏制地被这种东西吸引了。

从那家餐馆里出来,他们在大街上漫无目的地走了很久,才这么一会儿的时间,碧薇就被颜亦明带出了一种流浪者的气质。路过一家炒货店的时候,他问她:"你要不要吃栗子?"

她捧着那个烫手的纸袋,心脏好像要裂开似的。她希望这个夜晚永不结束,道路没有尽头,从未曾有过的如此热烈的情欲在她身体里奔腾。

"你晚上是不是要写东西?"颜亦明提醒她,到了该分开的时候。

"你睡得晚吗?"她仰起脸来,直直地看着他,"我不用花太长的时间,弄完了我可以联系你。"

那几乎是她最后的机会了,只要往回退一步就万事大吉,可她偏偏就是铁了心要往前冲。

他看着她,眼神沉静,那个瞬间有许多念头在他脑海中闪过,但最终,他还是把地址给了她。

她只用了一个多小时就把手上的事情做完了,打车去找颜亦明的路上,她一直在发抖,连指尖都是滚烫的。所有的直觉都失灵了,李碧薇丝毫预感不到那个人未来会带给自己怎样的难过和痛苦,或者说,她那一刻即便预知了结果,也毫无能力阻止自己。

颜亦明打开门,看到是她,没有说任何话,她已经吻了他。在那间简陋得可以用家徒四壁来形容的公寓里,他们一整夜都在一起。

那是他们开始的方式,后来,成了他们唯一的方式。

"无论如何,是我先走向他的。"很久以后,在飞机上,空空向宝音承认了这个事实。

起初没有任何不对劲的地方,他们都是单身,有共同话题,她可以很坦率地和他讲自己的理想而不用担心被嘲笑,他懂的东西比她要多得多,很多次对话的过程里,她都能感觉到自己的思路被一点点拓宽。最重要的是,他们对对方的身体有着同样的迷恋,这对于碧薇来说,有着石破天惊的启蒙意义。她生平第一次认识到,性不只是一方对另一方的掠夺或宣泄,还可以是让彼此更透彻和深入的联结。

整个冬天下来,她完全将他们之间当成了恋爱——虽然谁也没有挑明。可事实上,他们做的事情就是所有情侣都会做的事,一起吃饭、约会、看电影,参加他的朋友聚会,旁边的人问颜亦明:"你女朋友怎么称呼?"他说:"叫薇薇。"

她坐在他身边,一只手被他紧紧地握着。平静的湖面上一丝波澜也没有。

"后来发生了什么事?"

"没什么,他不见了,骤然之间。"空空的语调十分平淡,既像是无关紧要,又像是练习过很多遍。

还没等到路边的梧桐树长出第一片新叶,颜亦明就从她的生活里彻底消失了。确切地说,他也不是没有给她留下任何讯号,但那条信息说的是"我有点儿事要去外地",然后就再也没有任何动静了。

等到碧薇明白一切已经结束了的时候,她甚至因为感觉太过荒诞而哭不出来。那种魂不守舍的状态持续了很久,她几乎快要发疯了。

她不是没想过给他打电话问清楚,又或者是去他的朋友那里,问问他们知不知道是怎么回事,但最后的自尊拦截了她,她什么也做不了,终日沉浮在糟糕的情绪里,残存的一点儿力气和理性全都用在了工作上,而她的生活早已经在无声中分崩离析。

他的不辞而别在某种意义上彻底摧毁了她对于爱情的信任,她想过很多种可能:也许他有别人了?也许他欠了债?她甚至发挥了应该用来写小说的想象力,推测他是不是杀了人?

那段时间她一惊一乍,又疑神疑鬼,失眠最严重的时候只能靠喝酒来让自己睡着。等到春天也过去之后,她终于得出了结论——其实无事发生,她就是他在低潮期的一段插曲,一块浮木,一个不重要的、傻里傻气的女孩,他们的关系短暂而清浅,都不值得他正式给她一个交代。

她瘦了七公斤,去年买的豆绿色裙子穿在身上,像一块不称身的宽大的布。

她休了五天的年假,加上一个周末,在吴哥待了六天。白天去景点打转,晚上在旅店里看书,写东西,回来给同事们带了些水果干和冰箱贴,大家都说她晒黑了,看上去成熟了很多。

她变得更沉默了，周刊改版之后，所有她写的、经她采访的、由她负责编辑的稿子，署名都换成了空空。

"但最好笑的是，春节的时候他又出现了，发信息说想见我，我马上把他拉黑了。过了几天，我又把他加了回来，我和自己说，就当看看他又想玩什么花样……"空空的声音发哑，让宝音联想到短短的指甲从磨砂玻璃上划过的声音，她接着说，"可是一见到他，我就更加确信我完蛋了。我努力不让他发现，自己并不恨他，装作很冷淡的样子，在他解释说他离开是因为有个同门师兄愿意投他，他必须全力以赴再拼一拼的时候，我一直在冷笑。

"后来我们还是睡了，不知道为什么，我好像被这个人掐住了命门，轻易地就原谅了他……不过，我也学会往好的方面想了，至少我不会像以前一样怀着不切实际的希望。

"我们每年春节见见面，吃吃饭，睡一下，我一直没有再谈恋爱，他说他也是，鬼知道。

"有一次我没有忍住，向自己的软弱屈服了，我告诉了他，我还是爱他的，那是我印象中仅有的一次，我们认真谈到了这件事，他说他都知道，但他承担不了我的感情，我觉得这大概也不是实话。"

飞机广播再度响起，提示各位乘客，本次航班距离到达时间还有三十分钟，请各位调整座椅靠背，收起小桌板，打开遮光板，洗手间很快将停止使用。

　　宝音出了一身汗，她在别人的故事里耗费了太多心力，现在她自己也虚脱了。

　　"那你认为实话是什么？"

　　"天啊，我自己亲口说出来也太卑微了，"空空自我嘲讽地说，"就是他不爱我嘛，这一次不是又证明了吗？"

　　爱未必会因为没有回应而死掉，却一定会因为反复失望而衰竭。空空觉得，时间快到了。

　　宝音望向窗外，天色已经灰暗，有一句话在她的舌尖打转，她犹豫着要不要坦白自己最真实的感受——空空对颜亦明的感情，虽然毫无公平可言，但却映照出了一种绝对的诚实和饱满。空空描述的每一段心情，每一丝细微的感受都是从痛苦里萃取而成的，那是毫无疑问的爱情，哪怕只是单方面的。

　　爱就是这么脆弱，又漏洞百出，即便不涉及忠诚，也一定会触碰到孤独、疲惫和自我怀疑的挫败。没有卑微地爱过就不会明白，宝音用几乎不可闻的音量轻轻说："但我一直觉得，不曾感觉卑微，就不是真的爱过。"

(3)

　　周末，空空和陈可为一起去参加他一个同事的婚礼，确切地说，是陪他去。

出门的时候他们看过路况，五环明明显示是畅通的，但到了距离目的地还剩五六公里的时候，毫无征兆的堵车开始了。

他们的车跟在一辆小型的箱型货车后面，视野完全被挡住，根本搞不清前面是什么状况，电子地图上显示着这条路已经堵成了血红，除了耐心等着，再也没有其他办法了。

空空表现出一种超过平时的烦躁，她不知道是生理周期的原因，还是因为自己原本就不想去观看一场不感兴趣的婚礼，但又没能够坚持到底。

"我说了不想来，你偏要我来，现在只能堵在这里浪费时间，"她毫不掩饰地埋怨着，"真是烦死了。"

陈可为有些尴尬，堵车不是他能预估和控制的事情，但现在好像成了他的错。

"我只是觉得，都工作了五天，周末有个机会一起出来透透气，见见人，不是蛮好的吗？你又不爱去健身房，这就当是完成一点儿运动量吧。"

"哦，是吗？现在这个世界，不爱健身也成了一种罪过了吗？"空空还没有意识到自己现在的态度有多尖刻。过去十分钟，他们大概前进了一个车身，旁边车子里的人比他们更焦虑、更绝望，暴躁得一直不停地摁喇叭，噪音像是能把车窗玻璃和空空的耳膜一起凿穿。

"你怎么会理解成这个意思呢？"陈可为无奈地笑着，实际上，他比她更后悔。但现在进退维谷，他也只能尽量克制自己,不要吵起来。

"再等等就好了,不会一直堵下去的。"陈可为又说,听起来安慰自己的成分更多。

空空没再说话,车载音响连着她的手机蓝牙,一直在循环播放着同一首粤语老歌。

又等了十多分钟,道路重新变得畅通起来。当他们的车子经过事故地段时,空空看到了那两辆发生剐蹭的车,它们就是造成拥堵的罪魁祸首,其中一位事主正对着电话在大声地说着什么,神情愤怒。很快,那一幕就消失在了后视镜里。

这场婚礼办得像个西式派对,场地布置用了大量的白色花卉,据说都是新娘喜欢的。空空只认识桔梗、蕾丝和百合之类的常见品种,另一些明显是进口的花材,类似于这样的细节还有不少,不难看出这场婚礼一定费了些钱。

新郎是陈可为同部门的同事,新娘的职业是什么,陈可为表示自己也完全不了解。

"只知道留过学,富家女,没了。"他说。

"你们不是共事很久了吗?"空空有点儿奇怪。她和琪琪、晓楠做同事不到一年,已经清楚地掌握了她们的家庭状况和感情状态——倒不是她故意想探听,可莫名其妙地就是知道了。

"大公司的环境是这样的,下了班就各归各,尤其是男同事之间,没人会去打听别人的私事。"陈可为说。

空空隐约感觉到有点儿不舒服,但她将此归咎于自己过分敏感了。

他们原以为会迟到,但真到了之后才发现他们其实还算来得早的,可见那段堵车并没有耽误太多时间。他们找到位子坐下,周围的人全是陈可为的同事,看他带着女朋友,纷纷主动和他们打招呼。

空空又一次后悔自己为什么没有坚持在家待着,这种过分热闹和喜庆的场合总让她感觉手足无措,尤其是面对那些友好的陌生人,她必须一直保持着拘谨的笑容,还没等到观礼结束,她的脸就已经笑僵了。

奇怪,为什么宝音做起来就那么容易?明明她也不是发自真心的。

她终于想到了不用一直傻笑的办法,那就是低下头盯着手机,表情严肃得好像真有什么要紧事急着处理。同时,她听到旁边有人在小声问陈可为:"你送了多少?"陈可为用一个手势做了说明。空空没看到,即使看到了,她认为也不关自己的事,最起码在现阶段他们的财务是完全独立的——虽然在任何人看起来,她住在陈可为家这个事实本身就是一种依附。

那人笑了一声,用玩笑话的语气说:"没事,再多送点儿也不怕,等你们结婚的时候就收回来了,哪儿像我,八字还没一撇。"

空空浑身一震,犹如通了电流,她想抬头看看陈可为的反应,又听见另一人接上了这个话题:"欸,陈可为,你们部门除了新招的应届生,是不是就剩你了?"

"你们要结也等到下半年吧,我五一回老家还有喜酒要喝,给我留条活路。"继续有人加入这个无聊的讨论中来。

"结了婚就是生孩子,又得送。"

"哈哈哈,小孩满月就不用送了吧……"

一阵细细碎碎的玩笑话,其间陈可为始终没有表露出不想谈论这件事的意思,这让空空感到无比恼怒,比堵车时那种无能为力更让她感觉憋屈。

她做了一件陈可为没能预料到,所以也没能够阻止的事。

空空回过头去,仍是微笑着,语调平和却分明表达着不满:"我听说大公司的人是不打听同事八卦的呀,各位是不是有点儿太关心我们的私事了?"

事后回想起来,空空觉得自己当时无论如何也不该这样尖锐犀利,她明白那些调笑并没有恶意,更不存在有人真的关心他们的隐私,或许恰恰就是因为太儿戏了,太轻佻了,她才在那个时刻感觉到了冒犯。

陈可为的眼神在一瞬间写满了震惊,大脑似乎有短暂的宕机,但他立即调整了过来,对那几个神情尴尬的同事摇了摇头,不出声地用嘴型说了一句"她今天不舒服",其他人准确地接收到了信号,顿时露出了了然于心的表情。

空空用尽了全身的力气约束自己,才没有继续反击。

后来的环节,空空更加心不在焉,碰过钉子的那几位男士都离她远远的。倒是有几个陈可为的女同事，因为平日里和他关系不错，便也爱屋及乌地主动和空空聊几句。

"听说你是做影视的？"其中一位女士问。

"不算是，我更偏向于内容，"空空也不知道自己能否解释清楚，"真正的制作和我们没有关系。"

"欸，那你有没有见过明星？"这是另一个女生，看着稍微年轻一点儿。

"其实，我不是和明星打交道的……"空空觉得自己今天已经说了太多话了，接下来，再有人问她"那你有没有什么业内八卦能分享一下"，她都只能机械地重复着"不知道，不清楚，不了解"，她厌倦这样鸡同鸭讲的对话，厌倦这些虚假的热情。

婚礼结束的时候，空空松了一口气，她想到一个词——无趣——不是这场婚礼，是所有这种搭台唱戏给无关人群观摩的仪式，通通都很无趣。

陈可为在婚礼上喝了不少酒，回去的时候只能由空空开车。

她原本想着，如果陈可为在车上提起那件事，她就以自己车技一般，必须专心，不能聊天来应付他，但她显然是多虑了——陈可为的头靠着车窗，他睡着了。

她平稳地把车开回了小区地库，停稳之后，陈可为还没有醒。她犹豫着要不要叫他，但最终她还是决定就坐在车上等他自己醒来。

大概过了二十多分钟，陈可为猛然惊醒，发现车子是停止的,又看了一眼周围,这才口齿不清地问:"到了?怎么不叫我?"

"没多久,不要紧,我看你好像很累,让你多睡一会儿。"空空说。在这二十多分钟的时间里,她的情绪已经恢复正常,并对自己在婚礼上的失礼感到了些许后悔,为什么当时要那么较真呢?明明忍耐几分钟就过去了。

现在,她做好准备接受陈可为的指责了。

出乎意料的是,他根本没提那件事。回到家,他迅速地去了浴室洗澡,再出来,又是那个清爽洁净的他,明亮的眼睛里仍有笑意。

过了好几天,反而是空空自己沉不住气,先向陈可为道歉。

"……那天我表现得太糟糕、太缺乏教养了,"她觉得这话从自己嘴里说出来反而没有那么伤人,"我希望没有给你造成什么麻烦,哪怕是很小的麻烦。"

说这话的时候,他们正在离家不远的购物中心吃晚饭,一间日式烤肉店,等了半个小时才轮到他们。

陈可为没想到她会如此在意那种小事,他还是把她看得太练达了。

"真的没什么,你怎么会说到教养这种程度呢?况且大家也只是普通的同事关系,又不是上下级,不可能有什么麻烦的,你把人想得太小心眼儿啦。"

空空有点儿惭愧,也许的确如他所说,是她把事情想得严重了。

"我只是觉得,他们没准儿会认为我很难相处,你平时的日子肯定过得很辛苦什么的……"

"不会啦,他们最多是误会你不想和我结婚吧,"陈可为开了个玩笑,"我知道你不是这个意思就行了。"

空空愣住了,她怎么也没想到陈可为是从这个角度看待问题的。现在,教养和社交礼貌的话题已经翻篇了,她来到了一个更困难的部分。

"你在说什么?"空空略带犹疑地笑着问。

"什么?"

"你说,你知道我不是那个意思,你是指哪个意思?"

陈可为终于意识到她又开始较真了。真是的,他在心里骂了自己一句,明知道她比自己平时接触的任何人都要敏感、都要更在意细枝末节,为什么和她讲话的时候总是忘记要更谨慎一点儿?

"碧薇,你放松一点儿,我们不是明天就要结婚。"

"那你计划什么时候结?还有,为什么你开始叫我碧薇了?"空空的声音变得尖利起来。

陈可为这才发现,这间餐厅的桌位和桌位之间靠得也太近了,毫无礼仪和隐私可言,旁边那桌的几个女生已经毫不遮掩地向他们投来等着看戏的眼神。他暗自发誓这是自己最后一次来这里吃饭。

"对不起,空空,现在不适合聊这个,我们回去再说好吗?

"是我把这件事讲得太不庄重,太马虎了,空空,我们先吃饭吧,好吗?"

陈可为的神情看上去比连续加了三天班还要疲倦,空空被他语气里的忍让击溃了,她几乎快要控制不住自己的情绪,现在会有谁相信,她的本意并不是想让两个人连一顿心平气和的晚饭都吃不好?

她用力地眨了眨眼睛,难以挽回眼前这一切的绝望狠狠地扼住了她的喉咙。

从餐厅出来,他们负气般一前一后地往家里走。陈可为的步调是正常的,而空空却是刻意放慢了脚步。头几分钟,陈可为还会停下来等等她,等到他明白她并不打算跟上来之后,他也就不再强求了。

到了电梯口,陈可为忽然转过身来对她说:"你先回去吧,我还有点儿事。"

空空面无表情地点了点头,她注意到他拿出了车钥匙,猜想他大概是想要出去找个地方转一转。到了这个时刻,她再一次感受到了他的宽容和善良——那明明是他的房子,无处可去的人应该是她。

回到家里,虽然只有她一个人,但她还是感觉很不自在,就像她自己说的,这毕竟是陈可为的房子,就算她按月缴足了房租,始终难以摆脱寄人篱下之感。

空空坐在布团上,又像是坐在流沙里,她拿出手机,想找宝音，忽然想起下午在朋友圈里看到宝音发了一张和某个阿姨的合照，显然是不方便被打扰了。那么，禾苏呢？空空犹豫了很久，最终还是从那个名字上掠了过去。琪琪和晓楠更不合适，工作关系和朋友关系毕竟不能混为一谈。

忽然之间，空空察觉到，不止是在北京，以前在清城也是如此，或者说，在这个世界上，孤僻的她一直就没有几个真正的朋友，而陈可为原本是她为数不多的朋友之一。

终于，她想起了沈枫，他好长时间没有找她吃饭了。

"老沈，你最近忙吗？"她不管不顾地发了一条微信过去。好在时间还不是特别晚，万一他太太问起，也不至于让他解释不清。

"老沈？听起来都成你叔叔了。"

空空笑了一下，她胃里那块原本硬得像石头一样的东西松动了许多。

沈枫又发了一条过来："难得你主动联络我，有什么我能效劳的？"

"没什么，就是想找你聊聊天。"

"行啊，我家附近有个咖啡馆，手冲挺不错的，你过来试试。"

空空原本的意思是在微信上聊聊，但沈枫的提议让她觉得，那确实是个更好的选择。

"你不是说这家手冲才是招牌吗，为什么你自己喝的是柠檬水？"

"这个点喝咖啡，我今晚就别想睡了，你都叫我老沈了，体谅一下老年人吧。"

沈枫家就住在旁边的小区，据说该小区没有面积低于二百平方米的户型，但里面究竟是什么样子，卖多少钱，住的是些什么人，空空一无所知，也不感兴趣。

她笼统地讲了一遍和陈可为的事，为了不让自己显得像个情窦初开、还在为恋爱烦恼的小孩儿，她用了最轻描淡写的语气，但讲到晚餐时的情形，她明显变得急促了很多。

"我得承认，我之所以反应那么激烈，是因为被吓到了。他同事说的时候，我还只是觉得关他们屁事，到他自己说出来，这件事好像就变成了真的，变成了铁板钉钉的事，但他好像根本都没有想过要问问我，我是不是也这么想，我们有没有达成共识。"

她一口气说了很多，像是要把心里淤积了好些天的东西一次吐干净。

沈枫静静地审视着对面这个有点儿激动的女孩儿，她讲了这么多，却全都是无关紧要的东西，就连她自己都没有搞清楚问题的核心是什么。

"得了吧，小空，"沈枫觉得与其敷衍，倒不如直接拆穿她，"难道你男朋友好好和你谈一谈，换个场景，换个语气，态度更真诚点儿，你就不会是这个反应了？"

空空呆住了。

"他不是说了，又不是明天就要结，但如果是明年、后年呢？你就能和他达成共识了吗？"

空空瞠目结舌。她好像直到这一刻才看到这件事里有个如此明显的漏洞，因为太明显了，以至于她不敢相信自己竟然还需要沈枫来提醒。

"事实就是，你根本就没想过和他结婚吧。"沈枫说完这句话，又往杯子里倒了一杯柠檬水。

不知道过了多久，空空的呼吸和思绪才回归到正常的节奏，这种时候要依靠的是理性和逻辑，而不是她最依赖的直觉，或者擅长的语言游戏，可惜前两者一直都是她的弱项。

虽然微弱而缺乏底气，但她还是要说："这么讲不公平，我也不是不爱他。"

沈枫叹了口气，她到底是真的不聪明，还是在装傻？他用一种"到底是有多难让你明白"的表情和语气问她："怎么又扯到爱不爱去了，不是在说结婚吗？"

空空的瞳孔里放射出震惊——很久以前，就是颜亦明消失了又回来了的那个冬天，面对她的控诉，他为自己辩解"我只是去了另外一个城市，不代表我们就不在一起"，那个时候，她也和此刻一样，像是听到了自己完全理解不了的中文——这到底是性别的差异，还是人和人的差异？

"你的意思是说，这两件事，其实没有关联？"她轻声地问。

沈枫有点儿尴尬，他只是不小心说出了自己对某些事的想法，但显然给她带来了更多的困惑和负担。他做出了亡羊补牢式的挽救："我是什么意思一点儿也不重要，说到底我只是个旁观者。你不开心，我就请你吃吃饭。再或者，你有什么喜欢的小东西，我要是送得起，就送给你，关键是你自己怎么看待这段关系，你自己有什么打算。"

从咖啡馆里出来，沈枫陪着空空在路边等车。

不知道是因为和他的一番交谈，还是因为喝了太多的咖啡，在晚上十一点多的街边，空空既冷静又清醒。

在这种极度的平静中，她忽然问了沈枫一个令他完全没有预料到的问题。

"老沈，如果你比现在年轻十岁，又是单身，有没有可能和我在一起？"

他一时不明所以，但能从她的声音里听出一丝沮丧和哀伤。这个夜晚对于她来说已经很不容易了，他决定在最后的时刻和她讲点儿轻松的玩笑话。

"如果我比现在年轻十岁，我连朋友都不会和你做。"

空空回到家，出乎意料地，陈可为竟然还没有回来。她在一室的漆黑里站了好一会儿，发觉自己一丁点儿想要联络他，问问他在哪里的想法都没有。

追问对方的行踪，这是伴侣才会做的事，她无意提前扮演妻子的角色。

在书房的床上躺下之后,她想起伍尔芙那句著名的话——一个女人如果打算写小说的话,那她一定要有钱,还要有一间自己的房间。

时代变了,通货膨胀了多少倍,即使从事着完全无关创作的职业,一个女人也应该有权利拥有一个能够自由呼吸的空间,做一些在别人看来毫无意义,但她自己乐在其中的事情。空空静心思忖:钱我还有一点点,但这个房间毕竟不是真正属于我的。

同一时间里的陈可为,在一家二十四小时营业的火锅店,看着禾苏不停地往红油锅里煮东西。他晚餐其实没吃几口,即便如此,现在他也不觉得饿。

"你胃口也太好了吧。"在禾苏又下了几片平菇之后,陈可为忍不住说。

两个小时前,禾苏在家里,刚洗完澡,一边吹头发一边对着 iPad 看一部最近大热的韩剧,她没有注意到沙发上的手机亮了好几下。等到她拿起手机时,陈可为已经在车里枯坐了十几分钟。

她直接回了个电话过去:"干吗?"

"方便吗?"他很平静,但平静得似乎有点儿诡异,"好久没见你了,想聊聊天。"

得知他就在自己家附近的停车场时,禾苏说:"外面那条街的底商有家火锅,你先去那里占个位,点个全辣锅等我,我换了衣服就过去。"

陈可为落座之后,又过了很久,禾苏才从店门口走进来。如果他不是因为心情低落而神不守舍的话,也许他会发现,禾苏不只是换了衣服,她还化了一点儿妆。

禾苏点了一大堆东西,陈可为不相信她能吃得完,但她拿起筷子时,那股气势又让他觉得自己或许判断错了。

他断断续续讲了一点儿和空空的事,但每讲一小段,他都会怀着一种赎罪般的心情再补上一句"当然,她没有错",等到他第三次还是第四次这样说的时候,禾苏终于忍不住打断了他。

"她没有错,那就是你错了?"

是这样吗?陈可为有点儿茫然,逻辑上好像没有问题,但他也不知道自己错在哪里。

"有没有一种可能,她没错,我也没错?"他像是在问禾苏,却又更像是在问自己。

沸腾的锅里不断冒出蒸腾的雾气,禾苏的面容在茫茫白色之中,一时分明,一时模糊,她希望自己能够更沉得住气一点儿,别被对方察觉到她真正的想法。

"我怎么知道,你们在一起时也没有问过我啊,现在吵架了,就想起问我了?"

陈可为听出了她话中赌气的成分,这才意识到,自从和空空在一起以来,禾苏的确很少再像以前那样频繁地找他们了。一开始,他以为是因为她忙,毕竟他对航空行业确实缺乏了解,到了后来,他大概是习惯了简单的二人生活,也就真的不太想得起禾苏了。

一股愧疚之意从心底翻涌上来,陈可为感觉自己真是有点儿对不起禾苏。空空本来是她的朋友,但因为他的缘故,禾苏变得有些孤单了。

"禾苏,你是不是有点儿讨厌我,觉得我抢走了你的朋友?"陈可为问。

什么?——禾苏简直不敢相信——这个蠢货,他到底知不知道自己在说什么?抢走了她的朋友?讨厌他?禾苏差一点儿就脱口而出:"我对你的感觉和你所以为的,完全是相反的东西。"

但现在不是说这个的时候,她冷静下来,看到陈可为紧皱的眉头,很显然他整个晚上都为另一个人烦恼。他问出这个问题,也并不是真的想求得一个答案。

禾苏装出毫不在意的样子:"神经病吧你,我又不是小朋友,怎么可能那么幼稚?再说,碧薇和我也没有你以为的那么要好啦。"

僵持了一会儿,禾苏终于放下了筷子,她其实早就吃不下了,但除了一个劲儿地往嘴里塞食物,她想不出别的办法,把这个夜晚的时间再拖长一点儿。

"陪我在小区周围走走吧,我太撑了。"她说。

这一片住宅区的居住群体以二十多岁的年轻人为主,他们的精力和荷尔蒙一样旺盛,无论是哪个季节的深夜,消夜店里都塞满了他们的身影。

陈可为陪着禾苏慢慢往她家走,其间他想劝她换个门禁森严一点儿的地方住,但又怕自己对别人的生活指手画脚的样子会很难看。再有就是,他不得不向自己承认,来找禾苏聊一聊是对的,他现在舒服多了。

他说出来的时候,没有想太多:"奇怪,有时候我觉得,一句同样的话,和你说,你不会太当回事,但空空就会往心里去。"他没有意识到,自己在无意间将她们做了对比。他接着说:"可能还是因为我不够了解她,不知道她心里在想什么。"

禾苏躲开了他的视线,面向着和他相反的方向,翻了个白眼——好像你很了解我,知道我心里想什么似的。

她咳了一声,说:"碧薇一直都是这样,不是和你在一起以后才变成这样的。我以前就觉得,她身上有种不切实际的傲慢,你看不出来吗?"

一辆电动车从禾苏身边飞快地开过去,陈可为下意识地拉了她一下,自己换到了靠街外边的位置继续走,同时脑子里在思索着禾苏刚刚说的那句话——傲慢?他从来没有这么看过空空,他只是觉得她和其他人不太一样——她身上有种还没被社会驯服的东西。

但不管怎么样,禾苏对空空的这个评价给陈可为留下了一个很深的印象,尽管眼下他觉得这个词有点儿滑稽,不恰当。

把禾苏送回去之后,他取车回家。打开家门,看到客厅里给他留了一盏夜灯,书房的门轻掩着,里面的人已经睡了。

他不知道空空也出去过。

他在客厅里坐了一会儿,又想起了那个词——"傲慢"——禾苏说得太严重了,空空只是不太合群,小孩心性而已,她怎么可能是傲慢?她凭什么傲慢?

(4)

宝音是在叶柏远家的洗漱台底下的缝隙里,捡到那枚银色耳堵的。

过完二十八岁生日,她感觉没有任何变化,或许就如那些年长几岁的上级和朋友们所说,这个数字还不是一个分水岭。"不过,也快了,"她们说,"接下来那一两年,你什么事都还没来得及做就过去了。"

她想起生日那天,原本只想简简单单吃顿饭,但叶柏远执意在一家高级酒店的餐厅订了位。上到甜点时,他拿出了一个四四方方的红色盒子,宝音一眼就认出了暗金的花体字LOGO。那一刹那,她几乎魂飞魄散。当她打开盒子,发现只是一对耳钉,心脏才慢慢回到原位。

"太贵重了。"宝音由衷地说。

叶柏远摇摇头:"上次你升职我就想送你份礼物,但没找到合适的,这次加上生日,再贵重你也受得起。"

两枚小小的钻石在灯光下熠熠闪耀,她端详了片刻,轻轻地关上了盒子。

无论如何,不是戒指就好。她脸上露出了当天晚上最舒展的一个笑容。

一个工作日的下午,临近下班时间,宝音站在窗口正望着天空中的云发呆,她的手机响了,是妈妈。

这是一通足以毁掉她的好心情的电话。

"妈妈的朋友,就是陆阿姨,你记得吗?你们有五六年没见了吧——她最近要回国探亲,先飞到北京,你招待一下吧,陪阿姨吃顿饭。她一个人,不想住酒店,你把家里客房收拾出来,人家就住一两天,中转一下,不会麻烦你的。到时候你和柏远一起去机场接一下她吧,人年纪大了,又长期不在国内,很多东西不懂,不方便的……"

妈妈说话期间,宝音一直忍着没有打断她,直到最后才做了一点儿象征性的反抗:"我去接陆阿姨就行了,不用叫柏远了吧?"她希望母亲能多给她一点儿理解,"真的,没必要。"

"什么意思?宝音,你是不好意思和柏远说吗?那我和他说吧。"

宝音还没来得及再说点儿什么,急性子的妈妈已经挂断了电话。

那个地方又开始隐隐作痛了，她一只手用力地抓着手机，另一只手撑在桌子的边缘，让身体保持平衡。她不理解，为什么妈妈可以把明明很过分的话讲得这么理直气壮，这么自然。

过了一会儿，她手中的手机再次响起，是叶柏远。

宝音的语气生硬，情绪低沉，她果断地对叶柏远表示："你不用管我妈妈怎么说，我自己来处理，不会麻烦你。"

叶柏远对她的反应感到很惊讶，他没想到宝音会和自己这么见外，一时之间竟然有点儿伤心："很小的事情啊，不麻烦的，"他温和而亲昵，"周五晚上我和你一起去接陆阿姨。对了，你不是不习惯和别人一起住吗，你带几件衣服去我那边待两天，等陆阿姨走了，你再回家就是了。"

叶柏远这个人——等到宝音再次回到宁静中来，窗外的天空已经暗了下去，暮色四合，她无声地叹了口气——他这个人纵然有着这样那样的缺点，可是有一点，她认识的所有异性都比不上，就是他的性情中有难得的温柔。

不知道从什么时候起，他们好像都已经习惯了忽略对方身上与众不同的特质。像两个在游泳池里泡了太久的人，就连深水区都无法再带来刺激，他们都在悄悄向往更广阔的水域，并且不愿让对方发现。

周五的下午，叶柏远和宝音一起，在机场顺利地接上了陆阿姨。宝音提前收拾了几件贴身衣物和洗漱用品，装在一个旅行袋里，放进了后备厢。

晚餐吃的是淮扬菜。在餐桌前，叶柏远主动承担起招待和照顾陆阿姨的责任，饭后又体贴周到地将陆阿姨送到宝音的公寓。虽然这只是他们第一次见面，可是从陆阿姨脸上一直挂着的笑容和毫不吝啬的夸赞，不难看出她对叶柏远这个年轻人印象有多好。

宝音一改往日的机灵伶俐，话很少，无所事事地陪着笑笑，同时冷眼旁观叶柏远——他身上有种浑然天成的东西，很招异性喜欢，而且不限年龄。她在心里暗暗数着：我以前的同学、现在的同事、空空、我妈妈，现在又是陆阿姨，她们都对叶柏远青眼有加。

宝音想起在自己一路以来的成长经历中，总有那么几个特别招老师、上司喜欢的男同学和男同事，他们根本不用太费劲、太努力，甚至无须特别优秀，只要做好自己的分内事，甚至搞砸了也没关系，总之，他们轻而易举就能得到表扬、重视、原谅和再多一次的机会。

叶柏远也有这种品质，她有点儿惊讶，自己这么晚才认识到这一点：他一定早就发现了自己有这种天分，于是不肯错过任何施展的机会，像武侠小说里那些武功高强、但境界平平的角色，总要在擂台上显露两手才肯罢休。

直到这个夜晚快要结束的时候，宝音才如梦初醒——为什么妈妈会强调要叶柏远和她一起接待陆阿姨——原来如此，那是一种只可意会的虚荣心。妈妈想要借由这个机会向老朋友小小地炫耀一下，她的女儿不仅聪颖美丽，连选择男友的品位也是一流的。

一抹讥诮的笑爬上了宝音的面容。

进到叶柏远家中,宝音伸手在熟悉的位置摁下了灯的开关,室内的一切瞬间在她面前现了形,比她原来预想的要干净整洁得多。

叶柏远解释说自己上午特意早起,约了家政阿姨过来仔仔细细打扫了一遍,想让宝音住得舒适一点儿,哪怕只有短短两天。他还抽空去买了宝音最喜欢的那家甜品店的瑞士奶油卷,放在冰箱的零度保鲜层,晚上她洗完澡可以吃。

宝音说了声谢谢,坦白讲,心里不是一点儿感动都没有的。

这个短暂的周末让他们双方都有了一种重新回到最初的错觉。

周六的晚上他们一起看了部老电影,宝音穿着烟粉色的家居服,头发披散着,叶柏远很自然地靠在她的肩头,时不时地把脸往她的颈窝里蹭,像只黏人的小动物。他们在沙发上做了一次,对于宝音来说,这是近一两年来感觉最好的一次,她丝毫的抗拒都没有。

半夜醒来,她想上洗手间,这才发现自己被叶柏远紧紧箍住。她拿开他的手臂时,听到他嘴里嘟嘟囔囔地说了点儿什么,她没听清,但可以肯定那不是任何人的名字,大概只是无意识的呢喃而已。

周日的上午,他们一起去新开的餐厅吃早午餐,昨晚的亲密感完整地延续了下来,他们在吃东西的时候都没有看手机,而是兴致盎然地聊了很久。我们已经很久没有这么快乐地在一起过了,他们都从对方的眼神里看到这层意思,并回以确认。

这个轻松惬意的上午无疑给了他们鼓励和信心,从餐厅出来,路过一家花店,叶柏远买了一束粉色的奥斯汀玫瑰给宝音。

"我是不知道别人啦,不过对我来说,这种古典的方式永远有效。"宝音小心翼翼地用手肘揽住那束花,笑着说。

按照原定的计划,他们下午一起再把陆阿姨送去机场,又陪同她办理好值机,一直坚持到目送陆阿姨的背影从安检口消失。在回程的高速路上,宝音忽然提出:"我能在你那边续住一晚吗?"

"如果你方便的话。"她又补上一句。

"说这些干吗,你直接搬过来都可以啊,我求之不得。"他的声音平稳而亲切,没有任何异常。

可是宝音已经后悔了,在她说出口的那一刻,昨晚的余韵带来的魔力就彻底消散了。

她不该贪心的,如果她现在是回自己家而不是去叶柏远家,那么这个周末发生的一切就能完好无损地封存在琥珀之中。但她说出口了,像一封无法撤回的邮件,再反悔会显得很奇怪。

如此,更明智的做法是硬着头皮演下去。宝音摸了摸耳垂,上面戴着的正是生日那天叶柏远送的钻石耳钉,他昨天看到的时候，露出了小孩子得到嘉奖的神情——也许正是那种天真的满足打动了她。

周日的晚上果然乏味了很多，明明是一模一样的场景和一模一样的人，却无法再复制昨夜。叶柏远每隔几十分钟就拿着手机去一下厨房或厕所，行动鬼祟。宝音一直在看电视，时不时打几个哈欠，困意沉沉的样子，因此叶柏远便以为她对一切都毫无觉察。

十一点多，宝音就进去卧室了，她实在无法继续装成视若无睹，也确定了自己在这里多待一晚的意外，一定破坏了叶柏远的某个计划。但是没关系，她宽慰自己："明早起来就过去了，我会照常去上班，接下来又是连轴转的五天，工作让我们忙碌，也让我们充实，到了下个周末，我们就会把这两天给彻底忘了。"

第二天早晨，宝音很早就起来，她洗漱完，把自己带来的几件衣服装回了旅行袋。在洗手台前简单地化了点儿妆之后，她决定还是把耳钉戴上。

左耳的那根耳针有点儿歪了，也许是她之前躺在沙发上的时候不小心压到了，她一个没注意，耳钉从耳洞里滑了出来，循着某种惯性掉到了洗手台下方的缝隙里。

宝音被自己的粗心弄得有点儿生气，但最终只好无奈地跪在地上，一只手打着手机的电筒，另一只手尽力往那道窄缝里塞。她感觉手指在死角的积尘里打滚，心里涌上一阵轻微的恶心，好在，很快地，一个小小的硬硬的东西擦到了她的皮肤，她用指甲轻轻一钩，耳钉从那道缝里滚了出来，可是，从那道缝里滚出来的，不光只有她的耳钉。

"我找家政阿姨来仔仔细细打扫过了"，那句话清晰地在宝音脑海中响起，显然，家政阿姨还是不够仔细。宝音用拇指和食指捏着那枚耳堵，对着镜前灯看了几秒钟——其实根本无须如此谨慎细微地辨认——她第一眼就看出了那绝对不是属于自己的东西。

镜中的她，脸上浮起破碎而诡异的笑容。

她完全可以，也绝对有权利冲进卧室，把叶柏远从床上摇醒，把物证摆在他的面前，质问他，大声骂他，甚至行为再过激一些也是被允许的。

可她只是在洗漱台前安静地站了一会儿，打开水龙头，把那只沾满了灰尘的手冲洗干净。从纸巾盒里扯出了一张纸巾，摆在储物柜的台面上，再把那只耳堵摆在纸巾上。

做完这些之后，她把耳钉戴上，关掉洗手间的灯，走到客厅里拎起旅行袋，一边穿外套，一边用手机叫车。

一路上她都在看老板上周发在工作群里的几份文件，今早的例会大家要讨论好几项事务，她显然欠缺准备。类似的事情宝音通常是不会拖到周一早上的，但这个周末是特殊情况。

众所周知，周一是最忙的，宝音一整天下来几乎连喘口气的时间都没有。开完例会，又是部门会议，午餐是在公司楼下的快餐店解决的，低水准的番茄肉酱意面，意面煮得太烂，刚进嘴，还没嚼就碎了，她勉强吃了两口就把叉子扔了。下午，因为一点儿工作上的矛盾，她在上级的办公室里和对方吵了一架，一来一回的争执让她又回忆起了去年自己很看好的一个项目，就是被这个家伙搅黄的——后来被友司做成了爆款，宣传物料发得到处都是，公车站牌、地铁站，还有写字楼里那些反智的电梯广告，相关话题长时间霸占着各大社交软件的排行榜，宝音每每想起这些新仇旧恨就气得头疼。

正是忙得不可开交之时，妈妈还发来微信，说自己和陆阿姨碰面了，陆阿姨提起她和叶柏远赞不绝口，在场的其他叔叔阿姨都表示羡慕不已。

宝音只瞟了一眼就利落地把那条信息删除了。

好不容易挨到五点多，人事部的同事在大群里发了今年的体检通知。宝音抽出几分钟，匆匆扫了一遍，不过是些最常规的套餐，这能检查出什么东西来？不管怎么样，还是去一下吧，她想。

晚上，宝音回到自己的住处，卸完妆，洗了澡，换上了睡衣，整个世界都清静了。虽然过往很多时刻她都这样想过，不过今晚她必须再一次肯定，当初坚持独居的决定真是再正确不过了。

她吃了一个芋泥面包，松软的口感让她感觉自己在咬一朵云。然后，她往一个加了冰块的碧绿色玻璃杯里倒了白桃酒，很好，现在周宝音迎来了糟糕的一天中唯一美妙的时刻。

客厅的书架上放着一本大开本的硬壳书——准确地说，那是一本创意立体书，用途是给小朋友开发智力，启迪思维的——别人大概想不到，这是空空送给她的生日礼物。

宝音还记得，这本书是快递员送来的，她拆掉外面那层包装纸，看到封壳上印着一句英文的"这是一个天文馆"。她第一反应是，空空是不是把该寄给别人的东西寄错了？这显然应该是给小孩子的礼物。

空空收到信息之后直接回了电话给她，说："当然没有寄错啊，你不要看它不是贵重的东西，很有意思的，"空空急起来，认真的样子很可爱，"你打开之后，看到里面的立体书页了吗？那些小圆孔组成的图案都是星座哦，你找一天晚上，把灯都关了，把手机电筒打开放在那个拱形书页的下面——"

空空在这里停顿了一下，像是故意要营造一种气氛，然后才说："你家的天花板就会变成一整片星空。"

再也没有哪一个晚上比今晚更适合试试这份礼物了，宝音看了看书上的指示，一段很基础的英文说明，第一步是让自己置身于很深的黑暗中。

她把房间里所有发光的东西都关掉：灯、电视关上，笔记本电脑屏幕合上，窗帘拉上。现在她置身于很深的黑暗中了。

她打开手机的电筒,像空空说的那样,把手机放到那个拱形的书页下面,刹那间,最简单的原理孕育出来一个魔法般的时刻——宝音仰起头看着天花板——平日它只是一片无聊的纯白色,现在成了她一个人的星空。

她仰着头,眯起眼睛,尝试着去辨识那些可爱的星座,勉勉强强认出了几个最著名的,而更多的,她也搞不清楚,但这不重要,她轻声说:"不重要。"

突然之间,周宝音落下泪来。

她已经很久没有哭过了,生活里没有什么值得流泪的事。倒不是说一切都如她所愿,而恰恰相反,是因为不如意的事情太多了,没有哪一桩哪一件特别令她伤心失望。从学生时期到如今混迹于职场五六年,这么漫长的时间里,她一直以情绪稳定而著称。即便遭遇过许多委屈和有苦难言,她始终都是以一张平和冷静的面目出现在别人面前。

但今晚她完全失控了,在很深的黑暗中,在人造的星空下。

她流泪不是因为那个能力和眼光都不如她的上级死死地踩在她头上,自以为是地挑剔她、否定她。她流泪也不是因为妈妈隔三岔五地催她,施加压力给她,话里话外不断暗示她不要错过叶柏远。她流泪更加不是因为早上在他家捡到那个耳堵,并且心知肚明这个女孩一定不是他的第一个。

她流泪是因为她在很多年前就想要自己做制片,拍电影,但现在她已经过了二十八岁，这个愿望依然遥遥无期，连雏形都看不见。她流泪是因为当初叶柏远说喜欢她的时候，她以为自己和他的感觉一致。她流泪是因为她人生中最严重也最错误的一次拖延，拖到了今天，还没有和叶柏远分手。

周宝音在这场无声的崩溃中终于逃无可逃，避无可避，一种不容反驳的力量摁着她的头，逼迫她承认——她和叶柏远之间最大的问题，不在于他，而在于自己。

在这段长久而稳固的关系中，她只能够一直孤独地面对这件事：她不爱他，她也不爱其他任何人。

但她却不知道，欺瞒和背叛，哪一样更不能被原谅。

晚些时候，宝音又洗了个澡，她站在花洒下又哭了一会儿，直到感觉体内的悲伤全都随着热水一起流进了下水道。

这是一次尽情的释放，毫无节制，毫无保留，她关上淋浴龙头的时候就知道，自己又将有很长时间不会再流泪了。

手机里有两条叶柏远发来的微信。第一条是图片，拍的是储物柜上的那张纸巾，如果不是宝音亲手放上去的，她大概也会忽略掉那个银色的小点。第二条很简单："这张纸是什么？"

"纸不用留着，纸上面有东西。"宝音回复。

"这是个什么东西？"

"耳堵，是用来固定耳环的东西。"

"噢，明白了，你是把它忘在这里了吗？我帮你收着，下次你过来拿，或者哪天我带给你。"他一点儿也没意识到自己生活中最牢固的一个部分正随着发出去的这条信息逐渐坍塌。

宝音做了两次深呼吸，才下定决心告诉他："这不是我的。"

之后，宝音躲了叶柏远半个月。

无论他是发微信，打电话，还是企图当面找她，她都找理由推辞了。

"我最近真的很忙……柏远，我没有生气，不是生气……总之，我保证，等忙过了这阵子，我一定会找个时间和你好好谈谈。"

三番两次之后，叶柏远也倦怠下来，他呈现出一种消极的通透——最坏的结果无非得不到原谅，既然如此，还着什么急呢？

其间，宝音抽空去把体检做了，在基础套餐上她又自费加了几个项目。前段时间公司都在传楼下那间公司有员工在加班的晚上心脏病发作，差点儿没救得回来。宝音在记忆中草草打捞了一遍，确定自己不认识那人，但在同事们一番详细的描述之后，她又隐约觉得自己或许和对方同一时间搭过同一部电梯——仅是这一点若有似无的关联，就足以让宝音产生物伤其类之感。

从体检中心出来，还不到十点，宝音认为就这么老老实实直接回公司上班有点儿不划算，于是给空空发了条信息，约她在公司楼下的咖啡店见个面。

自从去年从上海回来,宝音和空空之间变得更加亲近了,她们已经从分享快乐的朋友升级为了能互相展示伤口的朋友。

每当想起空空,宝音总会更先想起另一件事:她念高中的时候,有阵子家里出了点儿状况,每天都充满了山雨欲来的紧张气氛。妈妈想办法把她转去了邻市的一所中学,也许是为了保护她,也许是为了避风头——宝音至今也没有问过父母,当年到底是怎么了。

那是个小城市,普通的公立学校,校风淳朴,她在那里只短暂地待了一个学期,一切风平浪静之后,妈妈又把她弄回来了。

"……时间太短了,我没来得及和那里的任何人成为朋友,但我认识你之后,总觉得你和他们有某种相似性。"

"哦?听着不像什么好话呀……"空空把盘子里的蜂蜜蛋糕戳得碎碎的,她也不知道为什么要点自己明明就不想吃的东西。仅仅是因为买完咖啡之后,店员习惯性地问了一句"甜点、面包需要吗",她就随便指了一个。

这一段时间,空空一直在考虑到底要不要找地方搬出去,虽然表面已经一切如常,陈可为也没有再说过任何可能会引起她紧张的话,但空空心里很明白,他们终有一天将要直面那座冰山。

"我也不知道是不是好话,"宝音的眼神里藏着一点儿哀愁,"就是一种一以贯之的稳定磁场,依照惯性生活,对自身以外的任何事物都不太好奇。"

"什么嘛,"空空笑着指责宝音,"就是说我和他们都很土啊,你这个居高临下的家伙。"

"天啊,竟然会被你曲解成这样,我其实是很羡慕啊……"

已经快到夏天了,她们穿得都很轻薄,言语也是轻快随意的,可脸上却都带着一股严冬的萧瑟和肃杀。尤其是宝音,这种神情实在与她平日苦心营造的形象不符。

"你春节回清城的时候,和那个人见面了吗?"宝音问。

空空摇摇头:"没有,他也不是每年都回去。再说,我也不像以前那样总在清城等着他了。"

她们沉默了一会儿,有一群形状像小鱼的云从头顶的天空游过去了。

来之前,宝音原本想把自己和叶柏远的僵局坦诚地告诉空空,这是她今天抽闲来喝咖啡的原因。她需要和一个能够交心的人先聊聊,捋清思绪,做出决定,但她的大部分朋友同时也是叶柏远的朋友,她不想把共同认识的人扯进这潭浑水里。相对来说,空空和她的关系是最简单的,有时候,简单就意味着牢靠。

可是一见到空空,她就知道了——空空自己也正处于某种困顿中。

这次聊天没有给宝音带来任何帮助,彼此都心不在焉,隐约其辞。只是在快分开的时候,空空忽然没头没脑地说:"你知道吗,其实我这样的人,是因为知道赢不了所以干脆不上场的人。说到底,也就是懦弱。从清城到北京,从认识颜亦明到现在,我一点儿进步也没有。"

"宝音,我经常会想,要怎么样才能变成你呢?你总是知道自己要往哪里去。"

一个星期之后,和宝音同批去体检的同事们陆续都收到了体检中心发来的报告,宝音记得自己当时也是选的"邮件形式",可她仔细检查了好几遍邮箱,连垃圾邮件都没放过,最终,她确认,自己的确没有收到体检报告。

有什么不对吗?她知道肯定是自己想多了,但又等了一天之后,她决定主动联系体检中心。

电话那边的工作人员声音温软柔和,宝音瞬间想到,如果要通知别人坏消息,的确应该用这样的声音。对方在核对了她的证件号和手机号之后,说:"我们这边的记录显示和您联系过两三次,但是都没有接通。"

宝音这才想起来,前两天手机上确实有好几个未接来电,她都当成骚扰电话忽略了。这也是社交软件的广泛应用带来的一项改变,她心中暗想,现在谁还记得手机最开始被发明出来是为了打电话的?

"对,不好意思,应该是我弄错了。请问我的报告是有什么问题吗?"

"噢,是这样的,周小姐,您的报告已经出来了,您看什么时候方便过来一趟,我们有专业的医生负责答疑,您可以当面咨询一下。"

宝音没有再继续追问,她用非常礼貌客气的态度结束了这次通话,她已经明白了。

一阵强烈的眩晕,她不记得自己是如何走去茶水间,用那台新的咖啡机做了一杯咖啡,中间差点儿因为操作不当而烫伤自己,幸好旁边有位同事眼疾手快,帮她摁了暂停键。那位同事是哪个部门的?她觉得有点儿眼熟,可是脑子里一片混沌,什么也想不起来。"我有没有对人说谢谢?"她怀疑自己没说,但立刻又想开了,"管他呢!"

说了又怎么样,没说又怎么样,地球还不是照样转吗?

(5)

"柏远,这里……我点了烤蔬菜,你看看你想吃点儿什么,什么都不要吗?那喝点儿什么?"

"你好,麻烦给我一杯可乐,加两片柠檬在里面,谢谢。"

"真的什么都不吃吗?我们可能会聊得比较久,不过也没关系,待会儿想吃再点吧。"

"宝音，我们之间不需要这样的，别把我当成陌生人好吗？"

"好，既然你这样说，我也放松点儿吧……其实我挺不好意思的，拖了这么久才和你见面，这段时间你肯定不太好过，这点儿把握我还是有的，不过我希望你相信，我真的是有非常紧要的事情要处理，不是故意和你玩心理战，惩罚你，你了解我的，对吗？"

"别说这些了，宝音，都是我的错。"

"我们该从哪里谈起……天啊，我以为拖了这么久，我应该都梳理好了，可是现在我竟然还是不知道要从哪里开始，不如你先说吧，柏远，你怎么想？"

"我不知道，就像你说的，这段日子我过得很混乱，虽然每天还是照常去公司，但心思根本没在工作上……我想去找你，又怕你见到我会更厌恶，只能等着看你什么时候愿意见我……别再让我说了好吗？"

"………"

"好吧，那我来说吧。"

服务生把烤蔬菜端上来，颜色艳丽的蔬菜被盛在一个白色的圆形瓷盘里，散发出香甜的气息。宝音往盘子里撒了一点儿黑胡椒末，又起一块胡萝卜送进嘴里，接着，又吃了两口小番茄，这才稳住了微颤的身体。

她已经连续好几天没正经吃过一顿饭了。

"如果我告诉你,其实我一直都知道,你会感到惊讶吗?不是在发现那个耳堵的时候,在那之前很久。你还记得在新青森车站的那天吗?我们本来坐在那间小小的休息室里,然后你不停地出去发微信,听语音,甚至打电话,我透过玻璃看着你的背影,一面担心其他的乘客进来占了你的座位,而我肯定不好意思告诉他们这里有人;一面又忍不住在想,你一定很喜欢那个女孩子,这么频繁地联络竟然没有使你感到厌烦,说明你肯定也很享受这种被人爱、被人需要的感觉。

"我问我自己:我有多久没让你感觉到自己被需要了?我们在一起的这些年里,我是不是太强硬、太自我了?但我想当初我吸引你的,恐怕也是这些特质,所以我大可不必为了你而否定我自己。"

叶柏远一动不动地看着宝音,她涂着鲜艳的口红的嘴唇一张一合,吐出来的每个字都像重锤砸在他的耳膜上。他不知道,原来她早就知道,可是为什么?直到这一秒钟他还不明白,她为什么要默默忍受?

她明明早就可以直接翻脸了不是吗?他想起一两个有类似经历的朋友,有男有女,谎言被拆穿的时候都闹得那么难堪,无论是有错的那一方,还是无辜的那一方,都恨不得置对方于死地。

可是,宝音,为什么?

"这两年,我爸妈,你爸妈,他们都问过我结婚的事情,你爸妈的态度很好,尤其是你妈妈,她一直都是那么温柔,讲道理……相比之下,我妈妈就恶劣得多,我只希望她没有对你也那么不客气。"

"没有的,阿姨很少主动找我,偶尔联系,也只是叫我好好照顾你,"叶柏远感觉自己面孔发烫,事到如今,他怎么好意思还提起人家的母亲,"但我做得很差,对不起。"

"别说蠢话了,柏远,我们都是有自主能力的成年人,什么照顾不照顾的。"

宝音招了招手,示意服务生把酒水单拿过来,她注意到叶柏远的杯子已经空了,而她自己现在也很想喝点儿酒,那种低度数,入口柔和,能使人有点儿迷醉,又不至于摧毁理智的酒。

在服务生的推荐下,他们一人要了一杯白葡萄酒。

令叶柏远没有想到的是,宝音忽然说起了与今晚的主题毫不相干的事。

"有一次空空和我聊起她的家乡,清城。她说有年夏天,他们做了一个反映城市变迁的选题,要去拍些照片。在市中心人流量最大、最热闹的商业地带,有一片又老又旧的棚户区,紧挨着清城最大的购物广场,两者只隔着一条很窄的巷子,巷子窄到宽敞一点儿的车都开不进去。她和她的同事,一位摄影记者,为了取景,在那条巷子里走了很久,那种不知道是些什么东西混杂在一起发出的臭气，好像渗进了他们的头发里、皮肤里。同时，她看向巷子的另一边，是 LV、Gucci 和星巴克，那种强烈的感官冲击让她一下子鸡皮疙瘩都起来了。后来照片拍出来，主编特意选了几张没有对比的，那期周刊上市之后，她看着那些流光溢彩的配图，感觉那个臭烘烘的夜晚只是自己的一场幻觉。

"听她说完，我想起和你去摩洛哥的那次——你记得吗，就在刚免签的头一两年。我们去撒哈拉的那天下午，车子刚开进沙漠的边缘，你睡着了。我一直望着窗外，偶尔能看到一棵好像已经枯死了的树。开了一会儿，我看见远处波光潋滟，惊讶得不得了，这种地方怎么会有水流？我指着那里问司机：那是什么河？他完全听不懂我说什么。直到车子靠近那里，我看清楚，那根本不是水流，只是一大摊被风化的黑色石头，光滑的表面反射着阳光而已。搞清楚状况了的司机对我说：'It's an illusion……' 对，那也只是我的幻觉。"

宝音的声音听起来既轻柔又缥缈，眼神蒙眬，叶柏远以为她快要哭了，可是再仔细一看，她仍然镇定如常。他不由得想到，这些话她要么是事先排练过，要么就是在心里酝酿得太久了，否则怎么可能讲得如此自然而流畅。

一种既悲伤又苦涩的情绪从叶柏远心底慢慢浮上来。太迟了，过去这些年他们太少谈心，像今晚这样的周宝音，他记忆中几乎再也找不到第二次。

他完全明白她在说什么，她在做什么——这是告别，尽管节奏迟缓，掺杂着于心不忍，但最后一个音符终将奏起。

"柏远，即使到了此刻，我也想告诉你，我知道你一直都是爱我的，"她伸出一只手，紧紧地握住他放在桌面上的那只手，"但世界上总有你这样的人，不会只爱一个人，这没什么可耻的，只是人性的某种彰显。我们读过那么多伟大的文学，看过那么多表现人类复杂情感的戏剧，如果你认为我连这一点都理解不了，就太小看我了。

"我不会小看你，所以我必须向你坦白，我不爱你，柏远，"她终于说出来了，"我的人生到现在为止，好像还没有遇到过真正深爱的人，往后或许也不会遇到，当我想到这一点的时候难免感到悲哀，不过也没关系，上天给了我别的东西。"

她不露声色地往旁边看了一眼——那把椅子上放着她的包，里面装着她最新的体检报告。如果她不是终于能够诚实地面对自己，面对叶柏远和他们之间海市蜃楼一般的这七年时光，包里的这份文件完全可以成为最有赢面的一张底牌。

叶柏远强忍着精神上的剧痛，考虑到餐厅毕竟是个公众场合，他才没有流下泪来。无数句粗口从他嘴边无声地飞过，除了最粗鄙的字眼，没什么能减轻他的痛苦。

"所以，你到底是什么意思，宝音，直接说吧，我能承受。"

"我们分手吧。"

这个夜晚到这里似乎就已经终结了,周宝音整个人塌了下来,好像吐出了最后一口真气。叶柏远注意到,她的眼睛里没有一点儿怨恨,反而像一泓深泉,装满了平静和原宥。

他在来这家餐厅的时候就想到了这个结果,但他没有想到会是以这样和平的方式发生。他看过,也听说过那些歇斯底里的分手,翻旧账,揭老底,其中甚至不乏双方坐下来一笔一笔算账的场面,大到互送的礼物、生活开销,小到一顿饭、一个月的话费……

当初是宝音坚持要分开住,在所有方面都保持独立。送给她的礼物,无论贵贱她都收,但也一定会回赠同等价值的礼物——也就是说,他们七年的牵绊,其实只有最简单和最单纯的恋爱关系。

"我是真的想过和你结婚的,"叶柏远觉得现在可以说几句真心话了,"但我感觉你并不想,那次从日本回来,你说我们只是假装对很多东西有热情,我得承认,蛮伤自尊的,"他咳了两声,接着说,"我以前从来没意识到是这么回事,可能是因为没摔过跤,没吃过苦,和真正的纨绔子弟相比,又念过点儿书……不瞒你说,宝音,我其实一向自视甚高,但当你指出我们的生活方式其实是一种表演时,我就再也演不下去了。"

宝音点点头,就像国王的新衣,那个不懂事的小孩为什么非要出来说真话?

"我明白,如果一直演下去,结婚根本不是什么难题。三十已经近在眼前,然后是四十、五十,在这个过程中,我迎来更年期,你迎来中年危机,我们各自心怀鬼胎,每天睡觉前都想杀死对方,天亮之后又回头庆幸自己昨晚没有犯罪。"

大局已定——当年开始得很美好,现在结束得很体面。他们都笑了起来,尽管笑容里包含着唏嘘和感慨,也许对于叶柏远来说,还有些感激。奇怪的是,到了这一步,他们反而比做男女朋友时更坦诚了。

又过了一会儿,叶柏远问:"父母那边怎么说?"

"随便吧,各回各家,各找各妈,你别指望我给你出主意,我自己还愁呢。"宝音一边开玩笑,一边朝服务生挥了挥手示意,该结账了。

他们一起去停车场取车,叶柏远维持了最后的风度,先陪宝音去找她的车。他们并肩走着,都很沉默,仿佛一生一世的话都在今夜说尽了,空旷的停车场里只有宝音的鞋跟敲打着水泥地板发出的清脆声响。

到了宝音的车旁边,她从后备厢里取出一双白色球鞋换上,叶柏远微微一愣,这不就是在青森徒步时,她穿的那双吗?

"对了……"宝音也察觉到了这一点,她靠近他,伸出右手轻轻地摸着他的左脸,真正的悲伤在这一刻才迸发——她记忆中叶柏远是一个意气风发的少年,她永远也不会忘记他骑着单车从一条长长的坡上冲下来的样子,曾经有那么一刻,她以为自己是爱他的。

"柏远,对不起,如果早知道那次是我们最后一次旅行,我应该更温柔一些的。"

很久以后叶柏远才意识到哪里不对——周宝音,这个冷酷的人——即使在他都忍不住哭了的时候,她仍然一滴眼泪也没有掉。

他颓丧的时间没有持续太久,几周之后,卓昕告诉他:"我怀孕了。"

这个消息把他从父母的震怒和埋怨中彻底解救了出来,他们比他更快一步地忘记了周宝音这个人。之前劳心劳力准备的一切终于派上了用场,原本要送给宝音的一对黄金镯子戴到了卓昕的手腕上。

卓昕比宝音小五岁,长相气质都要逊色几分,但胜在更年轻甜美,讨人喜欢。她戴着一对黄澄澄的镯子也不显俗气,反而有种相得益彰的富贵之美。她原本在一家年轻的时尚品牌公司做公关对接,偶然的一次合作机会,认识了叶柏远。说不清楚双方谁更主动一些,一来二去就搞在了一起。

她起初并不知道对方有交往多年的女朋友,但知道之后,也没觉得有什么问题——难得遇到这么喜欢的人,竞争一下也是有必要的。

现在,她看到竞争的结果了:无论如何,她赢了。

她单方面宣布了胜利。

叶柏远没有对卓昕说过他和宝音那一晚谈了些什么,往后很多年里他也不会对妻子提起前女友。但独自一人的时候,他偶尔会感到短暂的惆怅,和宝音在一起那么久,一旦分开,竟然没有几样证据能够证明,而卓昕越来越明显的妊娠反应才更接近生活的真相。

她们是完全不同的两类女性,卓昕很快就把自己的社交软件的 ID 改成了"叶太太"。他没什么感觉,既不反感,也没有因此而沾沾自喜,但他控制不住自己这样想——宝音永远也不会这样做。

赶在卓昕的肚子还没有大到无法遮掩之前,他们火速拍了一套婚纱照。卓昕选了短款的白色纱裙,式样俏皮活泼,虽然穿的是平跟鞋,仍然能看出双腿又长又直。叶柏远穿了深色的西装,在新娘旁边,像个没有感情的人肉背景板。

当然,看上去仍然是非常幸福的一对。

婚礼定在六月,在叶柏远的家乡办。日子是他父母挑的,他们费了很大的劲儿才从早已订满宴席的酒店撬出一天来。他提前了几天回去,陪着父母一起拜访一些他熟悉或不熟悉的长辈,客客气气地请人家来喝自己的喜酒。

有一对叔叔阿姨以前去北京旅游时,跟他和宝音一起吃过饭，宝音还事先准备了一支日本进口的万年笔送给他们当时还在上高中的女儿。

叶柏远没有想到他们还记着这件事，当叔叔问起"宝音哪天到啊"的时候，在场的所有人——那位阿姨、叶柏远的父母，还有他自己，都陷入了尴尬。

"喝茶吗？有人送了我们很好的普洱，一起试试？"阿姨慌慌张张地转移话题，同时悄悄地掐了自己的丈夫一把。

"怎么了？"叔叔茫然地看了看旁边这几个人，"怎么回事？"

没有人回答他。

婚礼那天是个晴天，宴席厅里摆了将近三十桌，很多来人连叶柏远也是头一回见，他只能亦步亦趋地跟在父母身后打招呼，像个七八岁的孩童。他自己的同学朋友也来了不少，大家都很识趣，没人提起周宝音，这不是个该在今天这个场合出现的名字。

到了后半段，场面变成了和婚礼主角毫不相干的聚会，喝高了的人端着酒杯到处敬酒，俨然忘记了喧宾夺主的忌讳。每个人都在笑，每个人都很高兴，尤其是叶柏远的父母，他们终于了却了一桩心头大事，接下来就是等着卓昕肚子里的小孩出生——无论男女，他们都一样喜欢。

趁着没人注意，叶柏远去洗手间里用冷水扑了扑自己发烫的面孔，他的头好像快要裂开了似的——是酒的缘故，还是外面太吵了的缘故？

有人进来上厕所，拍了拍他的肩膀："你还挺得住吧？"

那是叶柏远大学时的哥们儿，特地从北京过来参加婚礼的，下午就要走。他们站在洗手池前扯了几句闲话，这种情况下，很难不聊到他们都认识的人。

"我觉得很对不起宝音。"叶柏远自己先说了。

"都过去了，别想了，她在朋友圈子里没说过你一句不好，你自己也别当个事了。"

"你们见过她？我的意思是，我们分手之后……"

"我没有，她们几个女孩儿之前商量过去看她，说是异性不方便，我就没掺和了，让她们帮我带束花什么的……后来又说没去成，好像是宝音不乐意……"

叶柏远听得稀里糊涂："你在说什么啊？"

哥们儿愣住了，这才知道自己闯了祸，但更多的是不解和惊讶："不至于吧，这么大的事，你完全不知道？"

叶柏远茫然地摇了摇头。

"咳咳，她们几个要骂死我了……宝音之前查出癌症，乳腺癌……"

后来哥们儿还说了什么，叶柏远完全没听进去。他恍惚地从洗手间出来，没有回宴会厅，而是去了酒店后面的一块空地，有几个酒店员工在那儿躲着抽烟。他向其中一个人要了一根，颤抖着吸了几口，燥得他忍不住剧烈地咳嗽起来。

无力感和愤怒在他的肺里流窜，这是他第一次真正意义上对周宝音产生了恨意，但就在刹那之间，这份恨意被更强烈、更浓重的悲凉压制了下去，他落入了绝对的寂静当中。在这短暂的几分钟里，热闹的婚宴和他没关系，怀孕的妻子和他没关系，所有的宾客和双方的父母都和他没关系。

　　他重新回到了那个夜晚，那间餐厅，坐在宝音的对面，看着她像只小动物一样轻轻地咬着一块胡萝卜。她抬起头来，对他说"柏远，我不爱你"——那句话的杀伤力此刻才真正显现出来。

　　他现在才明白，那并不是负气或者善意的谎言，那是一句百分之百的实话。

第三部分

(1)

"我病得真是时候,不然就耽误他结婚了。"后来,谈起叶柏远的时候,宝音是这样对空空说的。

关于生病的事,宝音从一开始就没打算惊动任何人。她独自去体检中心取报告,值班医生是个很年轻的男孩儿,一看就知道经验尚浅。他戴着一副黑色的边框眼镜,讲话非常谨慎,神情严肃,反复建议宝音再去三甲医院做一次更深入的定性检查。

"毕竟我们的设备和专业医院还是有一定差距的,"他说,"身体的状况和情绪也息息相关,你要尽量保持乐观。"

听上去他对每位访客都这样说。宝音笑笑,起身道谢离开。

她知道揪着这位年轻医生不放,也不会得到什么好听的答案,不如抓紧时间去复查。

在乳腺外科的候诊区,宝音和另外几位表情灰暗的女士一起坐在蓝色的塑料椅子上,气氛凝重得可怕。她们的目光都注视着科室门上的电子屏,等待着自己的名字在上面出现。

她旁边那位有点儿上了年纪的女性,小心翼翼地戳了戳宝音的手臂,低声问:"你是怎么发现的?什么症状?"

宝音怔了怔,一时不知道该如何回答——症状?我没什么症状——但她看得出对方有多紧张,于是轻声宽慰:"先别往坏处想,我们公司好几个年轻妹妹都有结节、增生和纤维瘤,大家私下聊过,也咨询过,不是要命的事。"

"唉……"

对话戛然而止。宝音没有再补充什么,她能说的也就这么简单一两句。回想起来,她自己的部门就有一个女同事经常喊着"哎哟,气得我胸疼",但人家的体检报告显示一切都很正常,倒是宝音自己,头疼脑热从不吭声,她在心里叹了口气——这次倒好,刮开就是一等奖。

就诊环节像一场标准化的快问快答:你有什么明显不适?这里疼吗?这里呢?这个硬块你发现过吗?家族里是否有女性曾患有这方面的疾病?你有过性经验吗?生育过吗?

宝音诚实地回答完所有问题,这才发觉,自己并不如预想中的那么镇定,心里有点儿慌乱。她犹豫了几秒钟,大脑飞快地运转着,她想要理清思绪,总结成一两个简短的问题问问医生。

但时机转瞬即逝,就在她踌躇的时候,医生已经给她开出了一系列相应的检查项目:"做完这些再来找我看结果吧。"

"我不用拿什么凭证吗?"宝音有点儿怯怯地问。

旁边的助理医生一边领着她往外走,一边柔声指点她:"现在都电子化了,很方便的,你先拿着社保卡去窗口缴费,项目都在卡里,然后再去血检、B超、病理室都登记一下,血检要空腹做,你明天赶早吧,另外两项人也不少,得提前排时间……这样,大厅里有导医,你要是搞不清楚,就去问问她们。"

宝音失神地盯着这位助理医生,她可真是耐心又和善,但我现在应该先干什么?

排队缴费时,宝音注意到,前面的那位老人家是从外地来的,没有社保卡,而且他显然适应不了一个到处充斥着二维码的世界,他用颤颤巍巍的手,一张一张地数着彤红色的纸钞,数完一遍,像是不放心似的,又数了一遍,这才把钱推进窗口。

宝音默默地凝视着眼前这一幕,心里有种无法形容的伤感。在被命运锤击的时刻,她第一次清晰地认识到:她,或者说她这一类人,平日在生活中、在职场上的锐利、强悍和自以为是的掌控力,其实通通都只建立在某种奢侈之上——健康、年轻、受过教育、良好的财务状况,以及懂得如何获取资讯并善用工具……而这些,并不是人生中天经地义的权利。

她认识到，在一种绝对的意志面前，她和这位老人，以及她身后那几个不断催促和抱怨的病人，没有任何区别。

接下来的一个星期里，宝音抽时间做完了全部检查。活检报告拿到手的那天，她又坐在了那位医生面前。

医生把所有检验单看完之后，平平淡淡地讲了一通话，虽然有大量的术语和宝音理解不了的名词，但总的意思是"早期，有望治愈"，并在最后提出了手术方案。这种专业的态度反而令宝音放下心来。

"幸好发现得算早，你又年轻，动完手术好好休养，及时复查。"

宝音怀着感激向医生说了谢谢，跟着助理医生去做手术登记。她把自己的全部信息填完之后，对着知情同意书的下半截"患者及委托代理人意见"发起呆来。

她一秒钟也没有考虑过通知爸爸妈妈——他们还不知道她和叶柏远已经分手，光是想到要告诉他们这件事，她就够心烦了，手术的消息只会雪上加霜。

叶柏远？她承认，如果他们现在还在一起的话，他的确是最合适的人选，可是身份变了，各有前途，她决意不去麻烦他。

也不是没有其他好朋友、老同学甚至同事，形形色色的面容如映画一般从她眼前迅疾而过……她在那通电话被接通的前一秒还在质疑自己：我这样做到底对不对？对于对方来说，这个责任未免太重了。

"宝音，怎么了？"

"……空空，你现在方便吗？我有件事想和你说。"

那天下午，空空匆忙地向琪琪交代了几句，便从公司直接去了医院，她在护士台见到宝音，没有多问一句话，利落地把表格剩下的空白都填上，并签了自己的大名——李碧薇。

她们一起从住院部走出来，那是下午四点，离晚高峰还有一段时间。宝音从包里拿出车钥匙，空空伸出手："今天我开吧。"

可拥堵比她们预计中的要来得更早，在四环上，空空踩刹车踩得脚都酸了，她这才理解，为什么陈可为宁愿每天挤地铁通勤也不愿意开车——除非升到了可以自由决定上下班时间的职位，否则这真是一个得不偿失的选择。

像是为了避免谈论生病的事，宝音主动说起了和叶柏远分手的事："所以我才让你来签名，其实我也知道，挺为难你的。"

"真的吗……是不会复合的那种分手吗？"空空难掩惊讶。

"当然啊，"宝音笑起来，心神都有些虚弱，"我没想到你会这么意外，难道你没见过别人分手吗？我上次去找你喝咖啡就是想找你倾诉一下，但看你当时心情也不太好，我就没说了。"

"真是难以置信……你先别回家了，我们去公园走走吧。"

空空把导航的目的地换成了朝阳公园的一个停车场，距离显示还有三公里,这段路程里她们没怎么说话。

感情的事,即便对于当事人来说再沉痛、再艰难,但若对旁观者讲起,往往也只有三言两语。宝音很快就将大致经过叙述了一遍,末了,她有点儿抱歉地对空空笑了笑:"对不起,太乏味了,太常见了。"

她们并肩在傍晚的公园里漫步,步履缓慢,身姿轻盈,任谁看都会觉得这是两个完全没有烦心事的女孩。

有几个跑步的年轻人从她们旁边跑了过去。汗水的气味短暂地掠过她们的鼻尖,这就是健康和活力的证明,宝音忍不住望向其中一个女孩的背影——她的跟腱很长,小腿肌肉的线条非常漂亮。

她忍不住想起,毕业之后,曾经有半年的空白期,她不知道自己该做什么。正好叶柏远也辞了职,他们便一起办了申根签证,在欧洲闲晃了一段日子,互相开解说先看看世界也不错。那时候,他们旅行箱里总带着一双跑鞋,有空就一起去公园跑跑步。

"我和他也曾是伙伴,是好友,一起成长,分享过许多好时光……"想到这里,宝音不免有些许伤感。

但空空脑袋里想的是另外一回事——宝音说她不爱叶柏远?这一听就是气话,不爱一个人为什么会耗这么久?这完全超出了空空的理解,她在周宝音和叶柏远的关系中探测到了自己在情感世界的盲区。

"我认为'耗'这种说话并不恰当,"宝音试图解释清楚,"恋爱不是我们生活的全部,我们在一起的时间里都很自由,也都尽量按照自己喜欢的方式在生活。事实上,无论谈不谈恋爱,和谁在一起,时间终究都会流逝的。"

"对你来说的确是这样,因为你是知情的,"空空望向宝音,"但是,他不见得和你有这份默契。他可能只是傻乎乎地以为'哇,我女朋友真有性格,真特别',你没意识到吗?在你们的关系中,你是凌驾于他之上的。"

空空知道接下来这句话说出来可能会刺伤宝音,甚至有偏帮叶柏远的嫌疑,但如果她们能开诚布公地谈论这些事,并且不造成心结的话,对于她们的友谊是有益处的。

"不爱,又不告诉对方,这很自私。"

天好像在一瞬间就暗了下来,她们在草坪上坐下,晚风带着一股盛夏的气息吹拂着她们的头发和面容。四周静谧,偶尔会听见几声汽车鸣笛,但隔得太远太不真切,仔细分辨又无迹可寻。

宝音坦率地承认:"是的,浪费别人的时间,罪大恶极。"

"我不否认这是一种自私,但另一种可能,也许是我太蠢,又太自以为是。"宝音的目光在逐渐失去细节的树林里搜寻着什么,她要进入到自己内心最深处,这一次,一定要彻底弄清楚。

"我小时候有次偷听到父母吵架,不知道起因是什么,只

177

听见我妈妈到最后很无力地问爸爸：'你对得起我吗？'我妈妈年轻时很漂亮，又读过书，在我认识的所有女性长辈中，她是很骄傲的一个人，我想不到她也会有那么软弱无力的一面。"

这类事情在她的家庭里发生的其实很少，或许就是因为少，她才对这一次印象特别深刻。事实上，她父母的关系到如今都很稳定，大多数时候，妈妈甚至认为自己是婚姻的受益者——虽然宝音并不这么认为，不过，妈妈也不需要她的认同。

"我从没觉得婚姻有多不堪，多糟糕，我只是觉得或许还有别的模式。我不是讨厌结婚，我只是不想和别人活得一模一样，所以我拉着叶柏远在这场实验里探寻一种新的可能性，而他又那么配合……长久以来，我们都被表象迷惑了，因为我们一直没有遇到真正棘手的问题，就以为自己真的与众不同、很先锋……太傻了。

"我也有朋友分手或离婚，但他们都说得出具体的原因，有的是出轨，有的是价值观有分歧，有的关于钱……"讲到这里，宝音停住了。

空空沉默着，现在的情形似乎和上次在飞机上掉转过来。这次主要是宝音在说，她在听，但有一点是相同的：她们都把内心最褶皱的部分晾给了对方。

她已经很明白宝音的意思了——任何一个具体的理由，总能获得一部分谅解。可当你想结束一段稳定的关系的原因仅仅是"不爱"时，未免显得太不务实，太空泛，太欠缺说服力了，尤其是在离三十岁只有一步之遥的时候，大概只会得到这样的评价——简直就是没事找事。

所以，无论是叶柏远生命中的另一个女孩，还是宝音这场突如其来的病，都成了解脱他们的契机。在这个忧愁的夏夜，空空由衷地觉得，痛苦本身虽然毫无价值，但对于那些想要更深刻地认知自己的人来说，仍不失为一条路径。

不知不觉间，她们融进了更深的夜，很快就连对方的脸都看不清了。

宝音的声音像从一个很深的洞穴里传出来："空空，谢谢你送我的那本书，我很喜欢。还有，谢谢你帮我签字，我知道这有多不容易。"

空空抿着嘴唇没吭声，她有一点点想哭。

几天之后，宝音接到了通知她手术的电话。她不得不向公司讲明情况，请了病假，于是关于她生病的消息就这样在小范围内传播开了。

手术当天，她被排在第二台，被推进手术室的时候差不多已经是中午。

空空请了一整天假，就在宝音的病房里等着。她从来没有为哪一件事这样担心过，因为无法承受的焦虑，她中途从手术楼跑出去抽了两根烟，又赶快跑回来，尽管这对缓解压力并没有任何作用。

三小时二十分钟之后，宝音被推了出来。麻醉的药力令她昏昏沉沉，睁不开眼睛，更无法开口说话。

空空俯下身，刚靠近病床就闻到宝音身上那股淡淡的血腥味。她忍着难过和心碎，在宝音耳边轻声说："你好好休息，忍一忍，明天我做好早餐带来给你。"宝音全部的气力只够捏一捏她的手指作为回应，但这点儿微弱的力度足够让空空知道，她听见了她。

很多朋友得知这件事之后，都主动发信息给宝音，带着殷切的关心表示要来探望她，但通通遭到拒绝。在所有人里，空空是唯一被信任的。

住院部楼下有个小小的花园，里面种着各种艳丽的花卉。在花园里散步的时候，空空帮宝音推着输液架，她们什么都聊。

"你最痛的时候，有没有想到什么人？"

"只想了爸爸妈妈，但我不愿让他们担心，你问这干吗？"

空空摇了摇头，有点儿自嘲的意味，她觉得自己接下来说的话可能会招来宝音的鄙夷。

"我在想，如果我也生了这样的病……哎呀，你干吗打我，我只是打个比方，"她揉了揉被宝音敲疼的头，继续说，"我肯定也会想我爸妈，还有颜亦明。"

她说起自己好几年前的一段小经历，当时她独自去外地采访一位民间手工艺人，当地没通动车和高铁，她必须坐五个多小时的硬座。火车发车半小时之后，她去了趟洗手间，突然提前的生理期让她想跳车的心都有了。在那种情形下，根本不可能弄到止疼药，她只能咬牙硬撑。

"我在心里一直默念他的名字，然后神奇的事就发生了，好像套对了密码似的，两个小时之后，竟然真的不疼了。"

"哈哈哈，"宝音笑得输液管都跟着抖，扯得她伤口疼，"神经病啊，说得跟有魔法似的。你随便换个动漫角色的名字，也有这个效果。"

也许是吧，空空说完自己也觉得有点儿傻。她不好意思地跟着宝音一起笑起来。心里有一种声音，虽然微弱却很倔强：可我在那种时候，就只想起了他呀。

周五下午，大家的心都是散的。借着开会的名义，空空和琪琪、晓楠待在公司楼下的咖啡馆里摸鱼。除了空空之外，她们都点了一份华夫饼。

在公司已经待了一年多，回想起来，好像什么事也没做。小团队里还是她们三个人，像一个生产力水平有限但状态极其稳定的铁三角。空空不是不知道，晓楠私下去面试过几次别家公司，也不知道究竟是她没看上对方，还是对方没看上她，总之一番折腾之后，她还是留在这里。

空空在她们俩和自己身上都看到了一种得过且过的消极，一种认命。她在心里冲自己喊了一声："这样混日子下去可不行啊！"

又过了几分钟，空空咬着冰咖啡的吸管，习惯性地拿起手机，刷了一下，突然定住，两眼发直，她又刷了一下，这才确定那是真的——叶柏远在朋友圈里发了一张照片，他穿着深色的西装，旁边的女生穿着白色纱裙，傻子也知道那是婚纱照。

空空感觉自己的心跳一下子变得又急又剧烈，双耳似乎被絮状物堵住了，一时间失了聪。

晓楠先吃完华夫饼，她一抬头就注意到了空空的异常，她连着叫了两声："喂，空空姐，你怎么了？不舒服？"

其实只过去了一分钟，时间再次展现了它的狡猾。

"没什么，"空空清了清喉咙，忽然之间，无法抑制往外喷涌的倾诉欲，"我有两个朋友，本来是很般配的一对，在一起很多年，最近分手了。我刚刚在朋友圈里看到那个男生和一个陌生女孩的婚纱照。"

她隐去了朋友的名字，不想让她们知道她说的是周宝音。

出乎空空的意料，琪琪和晓楠都很平静。她们对视了一眼之后，同时看向了空空，她们的表情像是在说："这也值得惊讶吗？"

琪琪耸了耸肩，一脸的不以为然："空空姐，就连我认识的人里都有两三对是这种情况，何况你这个年龄阶段呀，这种事太正常了。只能说，和前面那位缘分不够吧。"

晓楠跟着补充了一句："对啊，到了那个时间点，身边是谁就是谁了。"

她们说得这么自然，倒衬得空空真像是有点儿过时了。

"你这个年龄阶段"——空空感觉到身体里似乎有什么东西微微一颤,她并没有不高兴,但隐约感觉到了一种提示和警醒。她是过了二十六岁来到北京的,虽然那也不是个特别年轻的数字,但进可攻,退可守,无论立志做什么都不算晚。

现在,她马上就要满二十八岁了。

宝音在二十八岁这一年查出了癌症,切了三分之一的胸,结束了一段长达七年的恋情,作为一个女孩儿,这都是人生中不可磨灭的重大印记。

而我还在浑噩麻木地做着一份不确定喜不喜欢的工作,每天看一堆我确定不喜欢的文字,如果那些也能被称为作品的话,以及和一个我越来越知道"弄错了"的男生在一起……空空闭上眼睛,有一种再不挣脱就会窒息的紧迫感:我的二十八岁,有些什么在那里等着我?

"宝音,我想告诉你一件事。除了你之外,我只对颜亦明一个人说过,而且是在我最爱他的时候。"

"我小时候长得不漂亮,有点儿自卑,没什么朋友。大部分的课余时间都是把自己关在家里看书,我父母是那个年代很常见的文艺爱好者,有热情,爱看书,但审美水平一般……不过这不重要,重要的是我在那些通俗的文学作品里汲取了我所能汲取的营养。

"初一的时候,我开始读《红楼梦》,虽然读不懂,却不知道为什么就像被勾了魂似的,放不了手。

"我还记得,那是个炎热的中午,很安静,屋外只有蝉鸣声。我爸妈在卧室里睡午觉,我和平时一样捧着那本厚厚的书躲在阳台上偷偷摸摸地看,打算再看个几页就去上学。

"非常突然地,楼下传来的嘈杂声打断了我。我好奇地伸出头去看,只看到一群人围着一个男人慌慌张张地往外跑,那个男人不断发出骇人的惨叫声……我爸妈也被吵醒了,他们一块儿下了楼,很快,我妈妈一个人先回来了。她到阳台上找到我的时候,我吓得要命,你知道,《红楼梦》太厚了,根本没法往衣服里藏。

"但特别奇怪的是,妈妈根本没说书的事,她好像刚做了个噩梦似的,双手用力地抠着我的肩膀,问我:'薇薇,你刚刚看到什么了吗?'

"我再三向她保证'我真的什么也没看见'之后,她才松了口气,催着我赶紧去学校。

"至于那天中午到底发生了什么事,我父母讳莫如深,守口如瓶,但这并没有能够阻止流言四处传开,我从其他人口中听到了不止一个版本。

"有人说那天那个被人围着的男人,因为出轨,被失去理智的妻子趁他午睡时砍伤了。又有人说,不对,不是砍伤,是泼了腐蚀性液体。还有人说,他是第一个冲进去帮忙拉开她的,当时的场面吓死人,啧啧啧……

"惨剧的细节到底如何,我毫无意愿去了解,我真正关心和在意的,是他们家的儿子。"

"那个男生和我同级,在我隔壁班。他皮肤很白,个子很高,爱打篮球,学习还不错,是我青春期最喜欢的那种类型,实话说,我那会儿其实有点儿暗恋他。平时上学放学的路上如果碰到他,我就会很开心。

"出了这件事之后,他连着好几天没去上学,他们班有人知道我家和他家住得近,就跑来问我知不知道怎么回事。我当然不会告诉他们,再说,我父母也叮嘱过我,在学校里不要和同学瞎说。

"可是,就像我父母的缄默没有起到任何作用一样,我想要为他保守秘密的努力也完全白费了。那件事很快就被当成新闻在学校里传开了。你知道,恶并不会因为少年的无知而减弱杀伤力,反倒会因为鲁莽和轻率而增强伤害性。

"他回到学校,不知道从谁那里知道了这件事,竟然怀疑是我散播的。从此他在路上碰到我,也只假装没看见。我起初不知道原因,也没有多想,只当他突遭变故,改了性情,还对他更多了一分同情。

"直到一个礼拜一的早晨,升完旗,全校在操场集合听校长讲话。我们两个班的队伍挨着,我和他都站在自己班上比较靠队尾的位置。我前面的女同学回头问我作业的事的时候,眼睛一直朝他那边瞟,那阵子有些胆小的同学都有点儿怕他,我想应该就是这个举动引起了他的警觉,更像是证实了他的猜想。

"他当着那么多同学,叫了一声'李碧薇',我回过头去,看到他望着我的眼神,吓得不能动弹。那是一个少年倾尽所有怨毒凝成的眼神,他像一条蛇,朝我吐着信子……直到现在,我也没有忘记。

"那是他最后一次和我说话。

"那个学期结束之后,他去了外地的姑姑家,顺便办了转学。我们再也没有见过面。"

宝音依然穿着病号服,做完这次化疗,她就能出院了,等到三个月后再来复查。尽管身体承受着难以形容的煎熬,但她的神情还是那么温柔,她在等着空空继续说完。

"虽然蒙受了不白之冤,但我也不太怪他。尤其是长大以后回过头去看,我只觉得一个人在十几岁的年纪遭遇那一切是很大的不幸,他把错算在任何人头上都不奇怪,只是碰巧迁怒李碧薇而已。

"很多年来,我不止一次地想起那个偷偷读《红楼梦》的午后,世俗的冲击将我从梦影中惊醒,仿佛世界在那个戏剧性的瞬间一分为二。我无数次地猜想,那个清朗的少年后来在陌生的环境里如何忘记过去,重新塑造自己,展开新的人生?

"这是深埋在我心底的一粒种子,在我告诉颜亦明这件事的时候,他鼓励我说:'写出来,这样你才能从那个男孩儿的眼神里走出来。'

"我承认这的确是一个好主意,我也不是没有尝试过,但往往开个头就进行不下去了。我对自己说,先放着吧,总有一天我会写的。但是你记得吗,宝音,我告诉过你,我是个很懦弱的家伙,为了不承认自己根本没有才华,我拖到了现在。"

空空把脸埋在手掌里,许久没有动。

"真不敢相信接下来我要说出这么鸡汤的话,"宝音用她没有扎针的那只手轻轻拍了拍空空的背——那具身体里仿佛正经受着潮汐翻涌,顿了顿,她说,"上场不一定是为了胜利,上场是选手的使命。"

"空空,如果不自己动手,你就永远只是一个爱好者,而不是创作者。"

(2)

只要把居住的标准稍微降低一点儿,你就会猛然发现,原来城市里有那么多合适的房源。在中介热切地推荐和陪同之下,光是周六一天,空空就看了四个小区。

晚上,她关着书房门,结合自己眼下的经济状况和生活需求,在一张A4纸上算了一些简单的账。和以前在清城做周刊时相比,现在的收入确实高了一些,但开销也比以前多了很多。每个月付完房租给陈可为,剩下的钱,空空没有乱花,她想给自己攒一笔旅行的费用。

她希望能在三十岁之前去一趟欧洲，不是走马观花，到名品店买几只包的那种旅行，而是在每个喜欢的城市都小住一阵子，像当地人那样散散步，喝喝咖啡和酒，悠闲地逛逛博物馆和美术馆。

如果预算不够，那只去佛罗伦萨和罗马也可以，啊，还有巴黎——哪有文艺青年不憧憬巴黎呢，毕竟，谁都知道"巴黎是一席流动的盛宴"。

对着桌上这张字迹潦草的纸，想到自己原本的计划和剩下的一两年时间，而未来还有许多不可知的变数，空空犹豫起来。

她又变回了一个左右摇晃的钟摆——左边是安定的生活、钱不多但压力也不大的工作、踏实可靠的男朋友；右边呢，她甚至不知道怎么和别人说，右边是一件她想做、早就应该去做、但听上去其实还蛮可笑的事。

并不是说，写小说的人就不配拥有舒适安逸的生活环境，但空空还在门外之外，她更相信孤独的意义，相信只有孤独才能催发出人的表达欲、焦灼和动力。

但是要如何才能让陈可为明白，不是他干扰了她，而是换了任何人，对她都会有影响？空空无比确定，一旦她真的开始专注于写小说，那么她就只能和自己待在一起。

她又抽出一张干净的A4纸，将看过的几套房子的优缺点分别写在纸上做对比。最后，她决定只考虑租金和到公司的距离这两个方面。越简单的思考越快得出答案，她在其中一个选项上画了个圈，就你了。

空空始终记得，陈可为得知她要搬出去时的表情，短暂的错愕过后是受伤，又带着一点儿怀疑。他看上去完全不能接受——你竟然完全不和我商量就做了这个决定，而理由竟然是"我想写东西"。

"难道住在这里你就不能写东西吗？我打扰你了吗？"这句话堵在他的胸口，他甚至问不出口，好像光是产生这个念头就已经伤害到了他的自尊。

他们相对无言地坐了十几分钟，双方都回忆起了不久之前的那次争执，空空担心陈可为将这两件毫不相干的事情联系起来，而陈可为恰好就将它们联系了起来。

"是因为结婚的事吗？"他的语气很诚恳，是真心实意地想要搞清楚问题并解决它，"我从来没有说过我着急结婚，是不是那次吓到你了？"

"不，不是的，"空空两眼一黑，事情果然往她最不愿意看到的方向发展了，"跟结婚一点儿关系也没有，再说，我们也还没到那个地步。"

陈可为不知道自己是该高兴还是更难受，他虽然一点儿也不着急进入流程，但也绝不是完全没有计划。过去他所喜欢的空空身上的那些特点，比如自由、随性、率真，现在一下子都变成了他们之间的障碍。

他想起那天晚上,他对禾苏说"我有时候搞不懂空空脑子里在想什么",他发现自己错了,不是有时候,是所有时候。他望着面前这个女孩儿,曾经被他形容为"打着赤脚奔跑的小孩儿",原来自己一点儿也不了解她。

"好吧,我们一人退一步,就算我相信你说的……难道住在这里你就不能写东西吗?"他终于问出来了,"白天我们都在工作,晚上你可以把自己关在书房里写,如果你觉得书房不够,客厅也完全可以让给你,我在主卧待着不出来也没问题。"

他如此卑微退让,其实一点儿也没有必要。空空难过得快要哭出来,为什么交流有时会让人感到这么悲伤?我们明明在说同一件事,却完全是在表达相反的意思?

很长的一段时间,客厅里寂然无声,他们明明对坐着,却仿佛隔着一片海洋。

"我刚来这里住的时候,有天晚上我们聊天,我对你说,我一直在为人生中很重要的几件事情做准备。当时你问我是些什么事情,我不好意思告诉你,其中有一件就是写小说……听起来好傻,好像二十世纪的人说的话,"空空脸上又露出了那种自我嘲弄的表情,"也许我说我想把形象弄漂亮点儿,当个网红博主什么的都比这靠谱。"

陈可为在默然中记起,的确是有过那样一次对话,他现在有点儿后悔当时为什么没有追问下去。"也许那个时刻我们就应该认真谈一谈的,"他想,"说不定我就不会变得像现在这么被动。"

空空又说:"我的心里有一颗种子,很多年了,它始终没有破土萌芽。随着时间流逝,也许在不远的某一天,它就会彻底消亡,我想在那一天到来之前再试一试,给它一个机会,也给自己一个机会。"

她用了全部的真诚和尊严来说明真心,她努力想让陈可为了解,也许她的决定牵涉到两个人,但自始至终其实只是她一个人的事情。

她已经不知道还能如何剖白心迹。

陈可为从布团上起身,去冰箱里拿来冰矿泉水,也给了空空一瓶。在这样肝胆相照的对话里,他和她一样口干舌燥。

他一口气喝完了一整瓶水,斟酌了一会儿该怎么接话,但是一张嘴,那些句子就自然地从唇齿之间流淌出来。

"我快毕业的时候,有师兄叫我一块儿创业,我跟着他去见过几个投资人。有时候在高级会所,有时候就在人家公司的会议室。我们很认真地做 PPT,写商业计划书,一边用投影仪放出来,一边在白板上写写画画,向老板们阐述理念、模式和目标之类的。我们都不傻,谁在认真听,谁在敷衍我们,谁只当个消遣,我们能看出来。让人觉得遗憾的是,认真听的寥寥无几。"

他依然还记得,有几次,对方已经毫不掩饰不耐烦和不屑了,师兄还硬撑着,努力想要说服对方。

"我很快就知道自己不是那块料,我没那么有野心,与之相应的,我就没必要受那份屈辱,吃那份苦。我退出了那个初创团队,去了一家能给户口的央企,一直到今天。我的职业生涯发展得不算很好,但也还过得去,大部分同学都混得和我差不多,没有几个飞黄腾达的,我们都属于所谓的大多数。

"摇到车牌之前,我并没有买车的计划,事实上你也看到了,我开得其实不多。但我父母知道之后很高兴,非叫我买车,他们认为以后总是用得上的。那时候我刚开始供房不久,经济压力还挺大,我父母就说由他们来出购车的钱,因为这个原因,我也就没有坚持买我自己喜欢的车。"

说话间,陈可为出了很多汗,衬衣黏在背部的皮肤上。他以前不知道,只是说几句话也会这么劳累。他说这些的用意,是想让空空知道,他究竟是个什么样的人。这个和她恋爱的人,她可曾有过一点儿想要去了解他的意愿?

"总之,我的人生行进到现在,有过妥协,有过放弃,但每一次我都很清楚我是为了什么而妥协和放弃。我记得有一次,从一位投资人的公司出来之后,师兄问我:'看到那张长桌子了吗?''那是一整块什么木……我忘了。'他说,那张桌子得上百万。他说:'可为,好好弄,将来咱们也能在那种桌子上开会谈事情。'他创业失败之后去了一家中型的公司当高管,很少再提起以前的事。但我想即使他成功了,上市了,买得起价值几百万的桌子用来开会了,甚至实现财务自由了,我也不会嫉妒,不会后悔,因为,"他的双眼直视着空空,又说了一遍,"我知道自己不是那块料。"

空空静静地听着,既惊诧又沮丧。记忆中这是陈可为第一次连贯而密集地说这么多话,他毫不粉饰自己的平凡普通,也不为此感到羞愧。空空在他的诚实坦率面前,感觉到了一种直抵灵魂的虚空。

他一点儿挖苦她的意思都没有,却让她在刹那间对自己产生了强烈的怀疑:他是不是在暗示我应该认清自己?

她知道不应该这样,但是,她无法不想起颜亦明。尽管他在情感上一而再地辜负她,可是在自我价值的判定上,他一直都给予她尊重和鼓励。

但这仍然是不对的,空空内心很清楚,实际上她还是困在一个旧的牢笼中。什么时候她不再需要一个男人、一个"对方"来肯定自己,她对自己人格的塑造才算真正完成。

正因为如此,眼下她要做的这件事才显得那么势在必行。

沈枫曾经提到的那个词从她脑子里冒出来,她忽然想到,也许应该尝试着用他们男人的语言来阐述,这样更利于陈可为理解她的想法:"我不是想分手,也不排斥结婚,但我心里也有价值排序,感情的事排在稍微后面一点儿,我想在世界上留下自己的姓名,而不仅是谁的妻子、谁的母亲。"

她讲得太夸张、太严重了,陈可为无奈地摇摇头。

"我还是不太明白,住在这里和你写东西到底有什么冲突?"

空空轻声地背出一个句子。优秀的文字就是有这种能力,在你理解它之前,就已经被它的韵律、节奏或是单纯的美和能量所感染。

"'如果一个人想要做一件真正忠于自己内心的事情,那么往往只能一个人独自去做……'这是耶茨在《革命之路》里写的,你记得吗?他是我最喜欢的作家。"

陈可为不敢相信自己听到的一切,如果说他对空空的感情的确有过一个特别具体的、破碎的时刻,那应该就是这一刻了。这个女孩儿和他同龄,马上就二十八岁了,却还在把自己代入一部二十世纪的悲剧小说当中,用文艺腔来谈论和理解现实问题,这未免也太过幼稚和荒诞。

他感觉自己似乎被愚弄了,被当成了一个不懂风雅的傻子——这种感受激怒了他。言语快过了思考,接下来他说的话并没有经过大脑:"你把小说里的人说的话奉为圭臬?你在搞笑吗?再说,"他说了一句空空永远也无法原谅的话,"耶茨本人也不是多杰出的作家。"

人为什么会在盛夏时节感受到彻骨的寒冷呢?

空空的脸上、眼睛里,仿佛都结了一层霜。这一年多零距离相处下来积攒的友谊和感情,在这个瞬间通通清零了。从陈可为自知失言的表情看起来,他也知道自己过分了,太尖刻了——也许是实话,但仍然太尖刻了。

"对不起,我不是想打击你……"他没能说完这句话。

空空打断了他:"可能,我命中注定只会爱上二流货色。"

这是她在今天这场艰辛生涩的对话中第二次想到了那个并不在场的人。空空心间坦荡得犹如明月照在广阔江面,所有的不甘愿、不情愿、不舍得都在此刻平息,世上再没有什么比对自己说实话更自在的事情了。空空无法忍住战栗,瞳孔放出精光,她整个人就像从一场大雪里醒来。

她终于知道了。

她就是会爱那种不得志的男人,不被重视的落魄作家,充满颓丧和消沉气质的文学。

她爱失败的味道,爱那种悲剧独有的美感。

下一个周末,空空搬了出去,她的行李并不比搬进来的时候多多少,两三只大纸箱已经装下所有。她原本打算找一辆小的货车,但陈可为阻止了她。

"没必要,就这么点儿东西,我帮你送过去就是了,"他刻意地在回避某个事实,"你总不至于不愿意让我知道你住在哪里。"

要说空空一点儿也不难过是假的，但她也不知道事情怎么就走到了这一步。虽然她不再继续住在这里，可他们也没有说分手。

或许正是因为都没说，所以陈可为觉得现状还不至于让人绝望，也许那天她没有往心里去呢？他怀着这个侥幸的念头，把箱子逐个放进了车子的后备厢。

暂时分开一段时间也没什么不好，同居的形式有点儿太像婚后了，他在开车送空空去她的新居的路上还在想这个问题。也许是这一年多的共同生活吓怕了她，等她写完那个该死的小说，发现自己并不是天纵奇才的时候，她就会醒悟了。

奇怪的是，他曾经为她身上那种漫不经心、不受管束的气息所着迷，在那年的同学聚会上，她看上去是那样清冷孤绝，悠然自得，心思好像都在离躯壳几米远的地方，但随着她来到北京，住进家里，成为女朋友，他们的关系层层递进的同时，他发现了她的另一面——敏感多疑，欠缺责任感，不切实际。

现在可能还要多加一条罪状：自命不凡。

但不管怎么样，陈可为知道自己还是爱空空的。他大学时代曾经有个女朋友，毕业之后对方非要回老家，他不愿意一起去，两人便和平分了手。之后这些年，他也认识过几个女孩子，约会过，有过一些短暂的尝试和相处，但似乎总缺了点儿什么。她们不是哪里不好，但很多时候，他找不到话题和她们聊。如果是吃饭、逛街、看电影，那都还好，可一旦失去外部环境制造的条件，距离感便会显现，他会觉得对方仍然只是个陌生的女孩儿。

无论是情感、身体，还是互相之间知根知底，空空都是最吻合他心中理想的那个人的，这是得之不易的……陈可为很清楚，就算她的确有点儿古怪，也依然是他最想要在一起的对象。

她的新居是一间开间，除了浴室、厕所之外，没有明确的区域划分。五十多平方米的空间，有一张床，又有一张餐桌、两把塑料椅子和一张简易的布沙发。厨房是开放式的，只能用电磁炉，显然不太适合做复杂的菜式。

那两三只纸箱搬进来之后，他们几乎连下脚的地方都没了。陈可为的目光将房子里的每个角落都扫了一遍，他忍了又忍，才没有说：你这是何必呢，还是回去住吧。

也不知道空空是真的没察觉到他的情绪，还是假装不知，她倒是很轻快的样子，把箱子推去了一边，又从浴室里拿出一块干净的布，快速地把两把塑料椅子擦了一遍。

"坐一下吧，休息一下，你渴吗？我包里有一瓶水，我们分着喝吧。"她说。

陈可为摇了摇头："不用，你自己喝吧。"

空空把包抱在身上，一口气喝了一大半，这才感到轻松一点儿。他们沉默了很长时间，空空的视线一直盯着陈可为的鞋子，现在房间还没打扫，下次他再来可就必须要换鞋了，但她立刻又推翻了刚刚的念头：下次？他还会再来这里吗？来干吗？

"我们现在还算是在一起吗？"她抬起头来，在陈可为的眼睛里看到了和自己同样的疑问，但谁也不想在这么混乱的情况下谈这件事。

他们只好继续保持缄默。

"你饿吗？我们去附近看看有什么吃的？"陈可为好不容易想到了一个能缓解尴尬的办法，"不管怎么说，今天是你乔迁啊。"

空空勉强地配合着笑了一下，她当然知道附近有什么，都是他平时不太爱吃的快餐小吃……不过其中有家港式茶餐厅，店面看着还算整洁干净，空空提议他们可以去试试。

"好，"陈可为从那张塑料椅子上站起来，长舒一口气，"就去那里看看吧。"

店里一个顾客也没有，服务员是个愣愣的年轻男生，把菜单给了他们之后就走开继续去玩手机了。空空翻了一下菜单，图片应该是从网上下载下来的，不具备实质性的参考价值。

果然，首先端上来的菠萝包软塌塌的，也没有切开，该给的黄油也没有给。接着是空空要的鲜虾肠粉和冻柠檬茶。柠檬茶是盒装的，没有一点儿技术含量，至于肠粉……她想，肠粉能难吃到哪里去呢？

但她吃了一口就放下筷子了，虾有问题，不新鲜，根本就不能叫鲜虾肠粉。

最后端来的是陈可为要的云吞面,他吃了一朵云吞,还行,就是速冻食品的味道,但他还是说了心里话:"我真希望我以前没去过真正的茶餐厅。"

空空大笑起来,把玩手机的男生吓了一跳。

他们草草吃完午餐,出来之后看见一家小超市,陈可为进去买了几瓶水。他陪着空空走到她的新居楼下,把装水的塑料袋给她,说:"我就不上去了。"

空空点了点头,房子里现在还一团狼藉,也不适合待客。她拎着那个装了矿泉水的塑料袋,一时不知道该怎么和陈可为说再见。

"我走了,有事没事都可以给我打电话,发微信。现在你一个人住,要特别注意安全,晚上睡觉记得把门反锁。"陈可为说。

空空依然只是点了点头,她什么话也说不出来。原来在两个人之间,做那个比较坏的人感觉是这么糟糕,难怪当初颜亦明会不告而别。

"别不开心,"陈可为捏了捏她的脸,"你就先好好做你想做的事情吧,现在没有人影响你,你再也没有借口了。"

直到此刻,他仍然是温柔谦和的,空空想到这里,不由得朝他投去了感激的目光。而陈可为却仿佛被什么东西灼伤了一般,急忙撇过脸去。

他回到家里，鞋架上只剩下一双拖鞋。书房的门敞开着，曾经住在里面的那个人的气息尚未完全散尽，他扭过头，尽量不往那边看。走进浴室，毛巾架上只剩一条米黄色的浴巾，那条浅蓝色的现在已经不见踪影。洗漱台上摆放着一只口杯和一支白色的电动牙刷，看上去孤零零的……真奇怪，这场景明明和一年多以前是一样的，可他就是觉得哪里不对劲。

他来到客厅，在沙发上坐下，将屋内的一切仔细扫视了一遍——他以前从来没有觉得自己的家有这么大，这么宽敞。

一个人从你的生活中退出，原来是这么具体的事。

胸腔里空空荡荡。他忽然想到，碧薇是不是曾经有过类似的经历才会让别人叫她空空？可是他已经无法向她求证了。

像是刻意要逃避寂寞似的，他连续给几个哥们儿发了信息，想约顿晚饭，但对方不是已经约了人，就是要陪家人。不仅没约成饭，还遭到了一顿批评——哪有你这么临时起意说碰头就碰头的，你第一天来北京？

他悻悻地笑了笑。在光线越来越昏暗的房间里，孤独犹如黑色潮水涌来，强压把他摁在海底，氧气越来越少，他感到胸口闷得发疼。

虽然知道这样不太好，但他还是没能制止自己给禾苏发信息。他发誓，没有别的企图，只是单纯地想问问她，有没有空，一起吃晚饭。

家里太安静了，有时候安静的破坏力比噪音还可怕，他只是希望身边能有点儿声音，世界不要把他一个人留在这黑暗的海底。

禾苏没有回复，他不想让自己看起来像个眼巴巴等糖吃的小孩子一样等着手机亮起来，他要去冲个澡，把从空空身上沾染的悲苦的气息冲掉。所有心智正常的成年人都明白一件事——会过去的，只是第一个夜晚很难熬。

等他从浴室里出来，禾苏的信息已经回过来好一阵子了，因为他没及时看到，她又追了一条："怎么不说话？"

晚上七点，陈可为和禾苏在他家附近的购物中心碰了面，快速地将楼层信息浏览完之后，他们决定去那间新开的东南亚餐厅。同楼层有一家烤肉店，路过时，陈可为感觉嗓子眼儿有点儿痒，忍不住咳了好几声。

所有的新店都会拿出最专业的服务态度和最优秀的菜品水准，禾苏吃得很尽兴，每道菜上来她都啧啧称赞，一副大满足的模样。陈可为尽量让自己不要去想中午那碗失败的云吞面和只喝了冻柠檬茶的空空。

吃得差不多了，禾苏才抛出早就想问的问题："碧薇呢？"

"啊，"陈可为挤了挤笑容，犹豫了一下，意识到不管怎么样都不可能把话说得太委婉，只好直接说，"她搬走了。"

"什么意思？你们分手了？"

陈可为脸色一沉，心跳加快。虽然他也觉得事态的确不乐观，可是真有人把这句话说出来的时候，还是觉得不免有些刺痛。

"不是分手,就是她想自己住,她说想写小说,"陈可为听见这些话从自己嘴里说出来,鹦鹉学舌似的,"……那样她会更有效率一些。"只差一点儿,他就要引用空空引用的那句话了。

禾苏瞪大了双眼,她的表情像是听了一个过时的笑话——既不好笑,又因为太不好笑了而显得很好笑。

"她是不是因为在那一行,看到别人一个版权卖了几百上千万就眼馋了?"禾苏没有隐藏语气里的讥讽,"不会吧?她这把年纪了还做这种春秋大梦?那阵风早刮过了,再说哪会那么巧,刚好一张大饼就砸在她李碧薇头上。"

禾苏叹了口气,摇摇头,就算空空现在就坐在她面前,她也要这么说:"你知道吗,这些年我在北京就学会了一个道理:好事可轮不到我。虽然听起来挺没劲的,但真的很实用,真希望她也能明白。"

陈可为想反驳禾苏,他想为空空说几句话,且不说禾苏这种揣测根本没有根据,即便是真的,她也不该被这样贬低。可他说不出来——他既不了解她为什么突然要写小说,也不了解她想要写什么,她一个字也没有对他透露。

"那你们会分手吗?"禾苏换了个方式问。

在陈可为双眼失焦地说出"我也不知道"之后,她脸上露出了难以捉摸的微笑。

(3)

随着开始写小说，空空原先规律的生活节奏渐渐被打乱了，她的睡眠变差，一度像是回到了和颜亦明分开的时候。怎么形容这种无力感——她在深夜对着空白的文档长时间发呆，为了减轻压力，她只好在发呆的时候喝点儿酒，但这样只会使不快乐变本加厉。

还有比这更讽刺的事吗？客观条件已经得到满足，她想要的安宁，想要的自由，现在都有了，可她和她的小说、和那个少年的故事却像是分别处于南北两极。

文档的最上面一行是四个加粗的黑体字——"惨绿少年"。这不一定是最终的标题，可她现在也想不出更合适的，因为既没有构架，也没有内容——那颗种子埋得太久也太深了，已经失去了强健的生命力，她苦恼于要如何让它重新焕发生机。

她不止看过一位作家这样说：等待灵感是非专业者的做法，真正的写作者，会培养一种习惯，每天把自己按在书桌前，不管状态好不好，写就是了。

事实上她的确是这样做的。虽然灵感一直没有现身，但她每天回到住所，简单地做点儿吃的之后，就值夜班一样坐在电脑前，一坐就是好几个小时。

两周过去了，很快三周过去了，第一个月的房租完全白花了。她尝试过两个开头，第一个只写了五百多字就被拖进了回收站。"根本就是垃圾。"她对自己说。第二次稍微好一点儿，写了两千多字，但大部分都是心理活动。她用的是倒叙的写法，第三人称，一个女孩子的回忆，开篇是大段无意义的抒情。

也不对，那些文字透着一股寒酸——第二天早晨醒来，她睁开眼睛，就知道昨晚又白费了。她甚至没有勇气去再看一遍，在出门上班之前，她把这个文档也删掉了。

这种不顺利迫使她在某种意义上认清了现实，过去她为了工作而不得不看的那些作品，现在都在她面前闪着金光。无论什么题材，至少别人能完整地写出来，就算废话连篇，文字不够精练，但别人已经走在了自己的道路上，而你呢？

唯一有点儿意外的收获便是，创作无能带来的挫败感，令她端正了面对工作的态度。她明显比以前更尊重自己手里的稿件了。连琪琪她们都觉得，空空姐这阵子认真得好像变了一个人。

她不可能白天在公司写东西，可晚上回到家，独自面对沉默的电脑更叫人发疯。到底要从哪里开始？为什么明明也付出努力了，却还是连边缘都触碰不到？

又过了几天，她忽然意识到问题所在了，一定是因为长期阅读大量的快餐文字，破坏了她的语感，这个发现让她在溺死前终于抓到了一根稻草——就像一个人每天只吃油炸食品、膨化食品，把碳酸饮料当水喝，摄取过量的糖分，这样的饮食结构当然是不健康的。想到这里，空空稍微安心了一点儿。她认识到，自己现在要做的不是急匆匆地动笔，而是应该先花些时间让自己沉静下来,找到正确的方向。

为了调理被工作败坏了的阅读口味,她买了一大堆传统文学和欧美经典文学回来。本来就很拥挤的家,因此变得更逼仄了。她每晚都躺在这些大部头里疲劳地睡去,次日早晨又从一种更深的无望里醒来。

读得越多就越清醒,看得越多就越了解自己的渺小和欠缺。

这样又过去了一个多月,除了阅读量显著提升之外,她的故事一点儿进展也没有。

"我想把房子退掉,押金不要了,搬回去和陈可为住。如果他愿意的话,下个月我们就结婚。"

坐在咖啡馆里,她一边对宝音这样说,一边用力地抠着已经秃了的指甲。

痊愈后的宝音比以前圆润了,好在她之前的确瘦得有些过分,现在的体型看起来倒像是刚刚好。她的头发剪短了些,神情还是一如既往的坚定干练。做完第一次复查,她才向父母坦白了分手和生病的事。两个坏消息一起奉上,他们的注意力果然就被更大的那个完全占据了。

宝音的母亲特意来北京住了一阵子,每天煲一锅汤,宝音喝不完只好用保温桶带去公司分给同事,一段时间下来,大家都胖了。在这期间,妈妈得知叶柏远竟然分手没过多久就结婚了，气得好几天没和宝音说话。起初宝音又是哄又是劝，眼见软的招数不起作用，只好来硬的——医生说了，我现在可不能怄气，负面情绪对健康不利——这才唤醒了母亲通情达理的那一面，是的，事已至此，怪谁都没有意义了。

妈妈回去之后，宝音才渐渐恢复社交，她先是和关系好的同事们聚了几回餐，接着又主动联系了几个当初想探病却遭拒的旧同学，请人吃饭。大家都不知道她和叶柏远究竟为什么分开，只觉得她这边大病初愈，人家那边小孩儿都快出生了，同情心的天平自然向宝音倾斜。

她想向大家解释，叶柏远不是坏人……可话到嘴边却突然收住，这些人里有谁是真的关心他们，又有谁能够理解内情？她忽然意识到，这是他们共同的朋友，大家面对她时讲的是一套场面话，等他们和叶柏远见面时一定会换成另一套说辞，她根本不必担心真有人会为了她和叶柏远决裂，人情这回事……讲到底，其实凉薄得很。

宝音喝着热茶，笑眼盈盈地望着其他人，把原本想说的话吞了下去。

在空空用阴沉的语气对自己做出毫不留情的否定之后，宝音皱起了眉头。她敏锐地洞察了真相：空空沮丧的背后其实更渴望得到鼓励，心灰意冷之中还有一息尚存。但与此同时，宝音不得不承认，空空的确欠缺方法，或者说，她不是那种一气呵成的写作者。

宝音试着让她先冷静下来，不要说气话："人家陈可为做错了什么，凭什么你说搬走就搬走，你说结婚就结婚？你以为你是谁？"

空空整个人都已经泄了气，无力还击。她当然只是说说而已，在陈可为不知情的前提下逞逞强罢了，她才没有那个胆子——结婚？听起来是比写小说更容易搞砸的选择。

"你知道你现在给我一种什么样的感觉吗？"宝音的语调既温柔又严厉，"你太慎重了，架势太大，似乎很想一出手就证明自己才情艳绝。你好像根本不知道该如何对待那颗种子，却又希望它一长出来就是参天大树……空空，你得踏实点儿。"

空空的脸色煞白，实话果然不好听，她的自尊心瞬间被刺穿了一个洞，尽管宝音毫无恶意。她想起自己也曾对宝音说过很直接的话，但宝音就不像她这么脆弱。

"也许是吧，我不知道。"空空勉强接了一句废话，她心里烦躁极了，觉得自己什么也做不好。

宝音斟酌了一会儿，说："你知道，很多作家的第一部作品其实都是某种意义上的自传，是他们自己的感受、想法和想象……"

"没错，的确是这样，所以我更应该趁早放弃，因为我平庸的人生根本没有任何值得书写的情节。"

宝音摇摇头，空空现在就像一个听不进别人的话的小孩，敏感又叛逆。

"感受不一定来自自身经历，而是能进入他人的内心，体会别人的悲喜，这是创作者独有的天赋，我从来都不认为你做不到。"

空空的眼眶发热，那句话像一只柔软的手轻轻拂过她的头发，她感觉到内心有一片潮湿慢慢洇开，那些刺痛她自尊的东西正随之融化。

"你记得我们第一次见面吗？"宝音想起当天那个沉默的空空，说，"就是因为很久以前我无意中看到你写的那篇旅行笔记。我很少会在网上看超过一万字的文章，这一点我和你一样老派，我们都更钟情于纸质阅读。可是那篇笔记，我从第一段开始就停不下来，说来也奇怪，明明不是故事，也没有情节，可是看得人心里很难过，而且后劲很强，我连着好几天都没缓过来。"

空空吸了一下鼻子，她马上就要流泪了。

"那个时候我不认识你，也不知道你和颜亦明的事，但我很确定那个女孩子是用燃烧自己的决心和勇气写了那篇文字，那种真挚和朴素，即使没有爱过的人也能感同身受。"

空空从桌上的纸巾盒里扯了两张纸，贴在脸上，没有发出声音地哭了起来。

宝音沉默了很长时间，让空空好好地发泄了一会儿。

那股酸涩在她心里已经憋了太久，摧毁性太强了——空空有点儿不明白，为什么人可以忍受孤独，接受失去，却无法克服挫败，是不是因为前面两项都来自外部力量，而后者却是一种心魔？

她哭出来之后，感觉好了一些，尽管这有点儿丢脸。

"我知道所有的事情开头都很难，但我想既然都已经决意去做了，还是再试试吧。"她对宝音说，其实更像是在安慰自己。

"对，"宝音也松弛了下来，和空空的交谈比先前所有的聚会都让她感觉疲惫，因为彼此都很真诚而投射出了一种实在的意义，她用鼓励的口吻说，"再试试，有什么好怕的呢，把它当成你一生中唯一的故事去写就好了。"

之后她们的话题从这件事上转移了。宝音给空空看了一张照片，是叶柏远和卓昕，他把耳朵贴在她高高隆起的肚皮上。

"是一个学妹发给我的，她不知道我们分手的事，在叶柏远的微博上看到这个，惊呆了，就发来向我求证。"宝音笑了笑，也不是一点儿情绪波动都没有的。

但空空的反应比她要激烈得多，她没想到，空空的眼神会那么心碎。

"不怕老实和你讲，"空空忍不住想起头一回见到叶柏远的情形，他的阳光、明朗与宝音云淡风轻的气质是那样相得益彰，那绝不是照片上这个神情愚钝的男人，她叹了口气，"我从来没有在现实生活里见过像你们那么般配的一对。"

宝音微微地弯了弯嘴角，露出了然于心的微笑，没错，她明白空空的意思——过去那些年里，她自己何尝不是这样以为。

分开的时候,空空的焦虑已经冷却,然而羞愧却接踵而至,她非常不好意思地向宝音道歉,接着又道谢。

但宝音的思绪又回到了一开始的话题,她回想起空空之前说的话:"你是用第三人称写的吗?不如你试试换成第一人称?"

什么?空空怔住,静了片刻,福至心灵。她伸出手重重地拍了一下自己的额头,宝音的提议像是在水泥墙上撬开了一条缝,她提供了一个空空从来没有想过的角度……伴随着唰唰落下的石灰粉,空空看到一种全新的可能性向她袭来,闪耀着锋利的光芒。

"天啊,"她小声地叫了一句,"周宝音,谢谢你。"

"旁观者清而已。"宝音挥了挥手,像是要驱散空气中的杂质似的,她要驱走空空过于庄重的感激之情。

那晚回到独居的家里,空空如往常一样坐在了餐桌前——这张简易的桌子同时也是她的工作桌。她没有开电脑,把手机也关掉了,接下来的几个小时,她需要高度集中注意力,凝神屏气,抓住那好不容易才闪现的一点儿灵光。

她在一沓白纸上重新开始做大纲和角色设定,起初还有点儿生涩,然而水性笔在纸上划过的轻微的摩擦声带来了特殊的亲切感,越往后越顺手,她沉浸其中,忘记了时间和空间,眼前这些零散的词句和段落离开了纸面,飘浮在空中,组成了她年少时期的那个酷暑的影像。

所有的念头都汇集到笔尖，流淌在纸上，她渐渐从繁杂的思绪里梳理出了一条清晰的脉络，并在某一个瞬间忽然领悟了不能贪多的道理，又剪除了一些多余的旁枝，让故事的构架变得更紧凑而完整。

褪色的少年在她的记忆中重新鲜活起来。他和她的距离一点点拉近，终于，她看见了他，又成了他。

一整夜下来，空空喝光了好几瓶冰水，仍然无法浇灭身体里那场大火。她出了很多汗，又热又燥，像是反反复复的高烧。

当她从那一堆已经写满密密麻麻的文字的纸上抬起头来，脊椎已经不堪重负，腰也酸疼，但大脑却充满了前所未有的兴奋。她走到窗户前，拉开窗帘，这才知道，外面已经天光大亮。

一种久违的愉悦如同晨光洒在她身上，之前的时间没有白费，过去两个月的煎熬和自我折磨都被抵消了——她怀着这样的心情，去洗了个澡。

虽然一夜未眠，可是空空没有一点儿困意，她不打算请假，可现在时间还很早，她忽然觉得可以约陈可为吃个早餐。近段时间，他们联系得不多，主要是因为空空几乎将全部精力都用来攻克自己的难题了。很多次，陈可为的信息发过来，她即便看了也忘了回复，等到想起来却又没有回复的必要了。

空空开了机，给陈可为发去了一条"醒了没"，在等回信的时候，她切到朋友圈的页面刷了好几下。在她关机的这一晚上，朋友圈里一如既往地热闹，有人分享行业资讯，有人分享音乐，有人发美食，有人发小孩，有人发商品，也有人发自拍照。手指滑到禾苏的照片时，空空停了一下，一种诡秘的直觉驱使她点击了大图。

禾苏的手撑在地上，那不是自拍，那显然是一张别人帮她拍的照片，不可否认，拍得挺好看的……但是哪里不对呢？熬夜的后遗症显现出来了，仿佛有一根很细的丝线在空空眼前飘摇，她又仔细看了一遍那张照片。

现在，她抓住那根丝线了。

虽然只露出了一个角，但空空绝对不会弄错——她在那里住了一年多，她数不清曾经多少次，自己坐在一个海松蓝色的布团上吃饭、喝酒、看书和电影——禾苏不是撑在地上，而是撑在那只布团上。

她在脑中快速复盘了一遍所有细节，简直不敢想自己竟然会这么迟钝。

犹如拨云见日一般，霎时，空空心中一片透亮。

尴尬的是，发给陈可为的微信已经无法撤回了，她怪自己为什么不先看朋友圈，那样的话她就一定不会发出那三个字，太亲昵了，太理所当然了，空空为此感到无比窘迫和后悔。

收到回复时，她已经在去公司的地铁上。才早上六点半，车厢里已经站满了人，但这已经算很轻松的状况了，再过一个小时，车厢里的氧气就不够用了。

"刚醒,你怎么起这么早?"

空空低头看了一眼手机,想了想,还是回一句比较好:"没事,有个东西找不着,我以为在你那儿,后来找到了。"

但对话没有顺着空空的意愿而终结,陈可为仍然好脾气地问着:"你最近好吗?住得习惯吗?"

"还行,都还行。"

延迟了的困意这才发挥效力,空空昏昏沉沉,甚至没有确认打完那条信息之后有没有点发送,她把手机装进包里,走到车厢的一个角落,闭上了眼睛。

等她到了公司,趴在桌上睡着之前都没有意识到,那条微信还是草稿的状态。

陈可为在这个早晨又一次被空空晾在了一边。对着镜子剃须时,他忽然想到,自己好像越来越习惯屋子里没有她了。和空空同住的那些日子就是一场不留痕迹的梦。当初她搬进来的时候,他花了一点儿时间去适应,后来她搬走了,他花了更长时间适应……可是不管怎么样,他都适应了。

他最近很忙,工作内容有变化,一周要加两天班,连健身房都快没时间去了。

他越来越少想起她。

昨天下班之前,他接到禾苏的电话,问他晚上是否方便一起吃饭。他们商量了一会儿,找了家西餐厅。

禾苏比他先到,等他落座时,她的饮品已经喝完了。

他一点儿也没察觉到异常，直到吃完饭，结账的时候，服务员过来对禾苏说"过生日的客人可以打九折"，他才猛然记起原来今天是她生日。

时间还不算太晚，陈可为让禾苏等他一下，然后他慌慌张张地跑去商场的甜品店，买了一个6寸的草莓蛋糕回来。

"对不起，忘记你生日了。"陈可为擦了擦额头的汗，满脸愧色。

禾苏脸上泛起淡淡的红潮，尽管心里很快乐，但她还是做出一副为难的样子，说："我自己怎么吃得完这个蛋糕，你好歹陪我吃一块吧。"

陈可为觉得她说的不是没有道理，再说，让她回家一个人对着生日蛋糕，那场面光是想想都觉得有点儿凄凉。

"那我送你回去，到你家陪你吹了蜡烛，切了蛋糕再走。"他说。

但这仍然不是禾苏最想要的答案，她犹豫了一下，有点儿忸怩地说："我家太乱了，不好意思让你去，不如我们去你家吧，你家还有酒吗？我们可以喝一杯。"

说这话的时候，禾苏内心非常庆幸碧薇已经搬走了——真是要感谢那个荒谬的写小说的主意，否则自己绝不可能如此大胆直接。

"噢，也可以啊，那就去我家好了。"陈可为没有往其他方面想。他甚至还考虑了几秒钟，要不要把空空也叫过来，毕竟只是一个晚上，不会耽误她的写作计划。

他们上了车,往他家方向去的时候,他向禾苏问出了这个问题:"叫空空一起吗?"

他完全不明白怎么回事。禾苏的脸瞬间垮了下来,冲他翻了个白眼,这就是她的回答。

气氛变得有些诡异是在切完蛋糕之后。陈可为从储物柜里取出家里最后一瓶梅酒——这还是空空留在这里的,他用苏打水兑了,端过来给了禾苏一杯。

"生日快乐。"他举起自己手里的杯子,虽然切蛋糕的时候已经说过一遍了,但谁会嫌祝福多呢?

两只杯子轻轻碰了一下,发出清脆的声音。客厅的灯光暗得恰到好处,禾苏犹疑着,是不是该说了?如果错过今晚,也许不会再有更合适的机会了。

"你想知道我刚才许了什么愿吗?"

"你不用告诉我啊,不是都说,说出来就不灵了吗?"

"也有另外一个说法,就是说出来的事情就会成真呀!"

陈可为偏着头,望着她,口气揶揄:"行啊,那你告诉我呗,我勉为其难听一下。"对即将发生的一切,他毫无感知。

"我希望,你和碧薇早点儿痛痛快快地分手。"禾苏说出来了,没有表情。

在幽静之中,陈可为有一瞬间的恍惚——就是在这个房间,这个位子,好像并没有多久以前,另一个女生对他说:"我觉得,我们可以试试。"

而今天晚上，在同样的沉静里，另一个女孩对他说："我希望你们分手。"

为什么？

安静了很久，禾苏紧张得几乎不敢抬眼看他，她一点儿也不觉得自己做错了。陈可为和碧薇之间的状态，任谁知道了不会说一句"迟早得散"？可是他们拖拖拉拉、优柔寡断，禾苏每每想到这件事都为他们着急。

她终于说了，如释重负。只要陈可为具备人类基本的智商，就该理解她的意思了。

"我给你拍张生日照吧，"他站起来，去开大灯，假装刚才什么也没有听见似的，"做个纪念也好。"

禾苏眼底的期待在刹那之间转换成了失望，可是灯光亮起的时候，她的脸上已经准备好了笑容。

"好啊，给我拍得漂亮点儿！"她装出一副毫不在意的样子。

夜里，陈可为开车送她回去，他们一路上都没有说话。直到车子停在离禾苏家最近的那个路口，在等红绿灯的时候，陈可为才忽然说："等空空有时间，我会找她认真谈谈的。"

这是他花了整个晚上的时间深思熟虑之后做出的回应，禾苏明白，这已经不简单了，她轻轻地嗯了一声，车子里窜动着一股言尽于此的暧昧气息。

稍晚,陈可为回到家中,看见茶几上吃剩的蛋糕和喝剩的半瓶梅酒,这简直就像是他的感情生活的一种投射。

他毫不犹豫地把那半瓶酒全倒在了厨房的水槽里,一滴不剩,又把蛋糕扔进了垃圾桶。做完这一切之后,他才在沙发上坐下来,开始静静地思考。

(4)

空空知道宝音和叶柏远分手的始末,有执手泪眼相望,有冗长的自我剖析,以及在停车场里戛然而止却余韵悠长的告别——无论过错在谁,都不能否认,直到最后一刻他们都表现得非常得体。

可是轮到她时,命运却显得很草率。

事实上,在陈可为联系她之前,她早就已经有这个念头了。可是白天上班,熬夜写作,近乎自虐的生活状态已经快要将她榨干。有些时候,她能明显感觉到,无论是体力、专注力还是熬夜之后恢复精力的速度,都不能和当初在周刊时相比了。

她清楚地记得,仅仅在去年夏天,她午休时趴在电脑桌上睡觉起来,只要去趟洗手间,洗个冷水脸回来,脸上的印子就没了。可是今年,就在前几天,她鼻梁上被墨镜压出来的痕迹,过了一下午都没消，下班时，琪琪小心翼翼地问她是不是受了伤。

大一岁有大一岁的欢喜，宝音这样说过，但空空却只觉得，大一岁有大一岁的悲凉，她从来都是更悲观的那个人。

当陈可为在微信上郑重其事地说想和她面谈一下，并且语气疏远地强调了一句"不会浪费你太多时间"的时候，她几乎没有做出任何思考便回答了："好，我正有此意。"

他们没有约在哪家餐厅或咖啡馆，空空提出就在陈可为家的小区碰面，她记得院子里有个小亭子，那儿很合适。

空空到得稍微早一点儿，坐在木头长椅上，她先从包里拿出一只还剩一点点水的矿泉水瓶，拧开瓶盖，当成烟灰缸，然后才拿出烟来点上。她最近抽烟抽得很凶，喉咙干涩又疼，好像有什么东西堵在那里，刚抽了两口，她就不得不剥开一颗喉糖扔进嘴里。

"空空？"陈可为在她身后叫她，此时天色已晚，他有点儿不确定是她。

"来了啊，"空空对着瓶口弹了弹烟灰，"坐一下吧。"

"你一切都好吗，东西写得顺利吗？"陈可为先是问了些与今晚主题无关的琐事，明明是他决心要做个了断的，可是当空空真的坐在他面前，他又犹豫了。

空空轻声地笑了一下，像是看穿了他的心思。

"陈可为，我要是你，就懒得这么兜圈子，"她说，"你要是不好意思说，就我来说吧。"

陈可为脸上浮现出一点儿惭愧和羞怯，虽然空空过于坦白，但他内心深处不得不承认，这样直截了当其实对彼此都好。

"虽然发条信息就能把事情解决，但我也认为，应该要当面说，"烟头的火光在空空指间一明一灭，她顿了顿，说，"陈可为，我知道自己性格差，难相处，谢谢你这么久以来的宽容，以后你要好好保重呀。"

她把烟蒂扔进了瓶子里，瓶子里传来轻微而迅疾的熄灭声，之后，她站起来，要说的话已经说完了。这样也不错，空空心想，之所以能这样简洁明快地分手，是因为没有人在这件事里受到伤害。失望或许双方都有一点儿，但失望毕竟不是伤害。

陈可为也跟着站起来，事情比他原本预计的要结束得更快，他甚至都没来得及说几句话，而空空这副干脆利落的做派更证实了他的猜想：她既不需要他，也不爱他。

"那我走啦。"空空把包背上，她还穿着去年秋天买的那件灰色卫衣和牛仔裤。

"我送你吧⋯⋯"陈可为犹豫了一下才说。

"不用了，别麻烦了，"空空已经走出亭子，忽然又回过头来，她脸上的笑容带着一点儿狡黠，可惜陈可为看不见，她说，"代我向禾苏问好。"

没有给陈可为解释或者辩解的机会，她已经朝小区门口走去，心知自己再也不会到这里来了。

小说的进度过半，空空的状态开始变好，她恢复了一些自信，食欲和睡眠也都渐渐恢复到了正常水平，她告诉自己，这是生活在向好的方向转舵的标志。

自从采用第一人称来写这个少年的故事之后，她就像是打通了体内所有的郁结和淤堵，文字如同潺潺流水一般倾泻到文档当中。依然是倒叙的写法，却因为不再是旁观者的视角而多了一份坚实。

她从成年后的他开始写起，在她的想象中，那是一个消沉、失意、像是常年生活在阳光不够充足的环境里的男人，他身上散发出淡淡的苦涩……写着，写着，她发觉这个形象似曾相识，在抽了一根烟之后，她不得不诚实地面对自己——她参照的是最初的颜亦明。

她太久没有见到他了，有时候闭上眼睛甚至已经无法清楚地看见他的模样，可是他的气质在她记忆里却仍旧鲜活明晰。

"好吧，也许这才是你真正留给我的东西。"她轻笑了一声，吓了自己一跳。

许久没有联系她的沈枫在某天下午突然发了一条朋友圈，是一个婴孩的照片，看起来是网上很流行的萌娃图片，配的文字是"真可爱"。空空在上班的空当无意间看到这条，出于一种玩笑心态，她留言说："看得出老沈想当爸爸了。"

等她从洗手间回来，看到沈枫给她发了条微信："你是不是傻？那就是我的小孩儿。"

空空一下子愣住了，紧接着才意识到自己发的那条留言有多冒失造次。她确定自己一定是熬夜把脑袋熬坏了，怎么会想不到——沈枫消失了这么久，一定是在忙一件大事。

"真是对不起，我太没礼貌了。"她赶紧把这句话回过去。

过了一会儿，沈枫的头像旁边又多了个红点："没事，好久没见了，你哪天有空？吃个饭。"

也不能完全怪空空粗心大意，在过去所有的交流中，沈枫都极力呈现出一种"有没有孩子我无所谓"的洒脱，以他那个年纪的男人来说，也算得上是罕见。

沈枫曾经说起，他太太在多年前生过一场大病，动完手术之后的好几年，不知道是什么原因，她没有按时去复查。到了第五年，她的身体有了明显的反应，最严重的情况是整条右臂都抬不起来，再去检查，被确诊为癌症复发。他们去了好几家声名显赫的医院，托了很多关系，但得到的答复通通都是"只能保守治疗"，无奈之下，只好转去国外求医，花了巨额费用，才动了第二次手术。

他用手势比了一个数字——在空空看来，自己五年甚至十年也挣不到那么多钱。但她有另一个很深的疑问："当初你为什么不督促她去复查呢？"

沈枫像是听到了很滑稽的话："她自己都不当回事，我能怎么样？"

空空愣住，那是她第一次对沈枫产生了厌恶感——虽然她根本都不认识他太太,更没有立场为那位女士抱不平,但这个细节令她得以窥视到婚姻的某种真相。

沈枫没有任何理由恨他的妻子,但他仍然可以用如此漫不经心的语气叙述发生在她身上的、如此巨大的痛苦。原来夫妻之间除了爱和憎恨,还有如此冷酷淡薄的一面。

空空顺着这条线索往下探寻:"会影响怀孕吗?"

沈枫点了点头:"当然,不过我对这事儿……不执着。"这句话多少挽回了一点儿他在空空心中的印象。

空空又看了一遍那张宝宝的照片,回忆起沈枫说那句话时的神情语气,她这才发觉:那不过是一个自欺欺人的中年男人,说着一句充满表演味道的谎言。

真实的沈枫比他所呈现出来的样子要虚弱得多。

过了几天,沈枫约空空在他们以前常去的一家日料店吃晚餐。

空空点了海鲜丼,沈枫点了鹅肝饭。他们的话题主要是围绕着空空,不知为何,她感觉到沈枫在刻意回避小孩儿的事,他一直闪烁其词,含糊不清,仿佛要竭力掩盖一个秘密。

她只是旁敲侧击地提了一句:"你太太从怀孕到生产一定吃了很多苦吧?"沈枫便急忙把话岔开了去,先是问她为什么分手,然后又问她接下来有什么打算。

打算?空空没听明白。

"我现在自己住得挺好的，小说也写得很顺利，还要有什么打算？"

沈枫又露出了那种鸡同鸭讲的表情，他不太方便直说，他觉得这个姑娘有点儿傻。

"你那个男朋友……"被空空纠正，是"前男友"，他只好重新说，"你那个前男友到底哪一点让你不满意？房子、车子、户口都有，光是这三点就够在婚恋市场横着走了，听你说起来，对你也挺好的，你快二十九了吧，别作了吧？"

"你知道有个户口多省事吗？将来你们的小孩上学不会太发愁。"沈枫以一种自以为看得十分通透的态度教诲空空。

他像是归顺了某种权威，某种唯一而绝对的正确，继而开始向他人说教。

太刺耳了，空空猛然抬起头来。

如果时间转回到两三个小时之前，她绝对不会来吃这顿屈辱的晚餐，可是此刻，她已经坐在这里，就不得不承接这个难堪的局面。她眯起眼睛，端详了片刻沈枫的脸——有点儿不可思议，明明是同一个人同一副眉眼，如今看来却如此令人憎厌。

这些人从来都意识不到自己对别人的冒犯吗？

空空把筷子放下，她的语气比声音要重："你们男人是一直这么狂妄自大，还是在人生的重大目标实现之后，心满意足之后，才变得狂妄自大的呢？我到今天才发现，你和其他人也没有什么区别。"

沈枫愣住了，他对空空的指责毫无防备。

再说，他觉得，自己好像也没有说什么太过分的话吧，好端端地她怎么就生气了？他疑惑地看向空空——她神情严肃，嘴唇紧闭——看样子是真的动怒了，沈枫赔礼似的笑了笑，故作轻松地说："不好意思，我说错话了，别计较，别计较。"

在回家的途中，空空一直无法摆脱某种猜测：她还记得，初识沈枫时，她认为他就属于颜亦明期待成为的那一类人，他令一些标签变得很具体——幽默、正直、健康……最难得的是，他从来不开关于性的玩笑。

在空空的眼中，沈枫既亲切又内敛，和他的友谊，一直被她看成是北京给她的意外惊喜。

有时她顺着沈枫身后的轨迹望去，会想到，即使她无法和颜亦明再在一起，但他中年往后如果是这般模样，生活是这般境况，那她多少也会感到一点儿宽慰。似乎那样才能够印证，她的爱和悲伤并不源自一个肮脏愚蠢的人。

但今天一切都毁了，所有美好的印象都泯灭在那个空空丝毫感觉不到尊重的低劣玩笑里。那不仅是被冒犯，她启动了写小说的思维，在词库里搜寻最准确的词语来形容自己的感受，是贬损，她感觉自己被贬损。

而那个纠缠了她一晚上的臆测是：颜亦明也会变成这样吗？居高临下，扬扬自得，带着毫不掩饰的优越感点评别人，就像点评一盘菜。

成年人的交情很容易开始，也很容易完结。

空空觉得自己从来没有真正认识过沈枫，包括他对小孩儿的那副讳莫如深的态度，都令她感觉陌生，不可捉摸。

她走在深秋夜晚的风中，忽然想到，自己刚来北京时，相交最深的是禾苏和陈可为，后来一度又和沈枫来往密切，她把他当成一位可靠的、无话不说的大哥，如今这三个人都从她的生活中渐渐消失远去。与之相反的是，基于一次偶尔的工作机会认识的周宝音，和一开始连共同话题都找不到的琪琪和晓楠，原本以为只会是泛泛之交的这三个姑娘，却无意间成为她生活里持久而稳固的存在。

世界上的事情如果都按照原本预计的方向行进，那大概也就不会有"命运"这个词了……还是说，意外本身就是命运呢？

也许是忧思太深太重，那个夜里，空空久违地梦见了颜亦明。

梦境十分错乱而离奇，她先是梦见了自己在上海的那个酒店等着他，可他一直没有出现。忽然之间她又变成了他生病的妻子，被诊断为乳腺癌，可他完全不当回事。残存于意识深处的那一点点清醒和理智让空空在辗转中发出呢喃，她知道，弄错了，那不是她和颜亦明，生病的人是宝音，漠不关心的人是沈枫……这些情节不是她和他的故事。

在梦的结尾，空空又回到了二十一岁的冬天，颜亦明还在她的身边。他们一起去旅行，她没有问目的地，只是把头靠向他的肩膀，心里只希望这趟慢车能一直开下去。她在列车行驶的过程中所获得的幸福感,远远超过了对旅行本身的期待。

但这其实也不是他们的故事。

醒来之后,空空把摆在床头的水杯里的水一口气喝了个精光。外面的天空还黑着,安静得很,人在这种时刻很容易陷入惶恐。她看了一眼手机上的时间,凌晨三点五十分。她并没有睡太久,可是在梦里,好像已经过完了一生。

梦的能量尚未消失殆尽,还残留了一点儿若有似无的磁性在房间里。忽然之间,她有种不顾一切想要见见他的冲动,见不到,听听声音也好;听不到,有条冰冷的文字也好。

趁着这股冲动,她给颜亦明发去了一条并没有指望会得到回应的微信。

"我梦见你了。"

她重新躺下来,刚闭上眼睛,手机就震了——难以置信,在凌晨四点,他和她一样还醒着。

"梦见什么了?"

空空想了一下,没有说实话:"梦见你结婚了,住在两百平方米的房子里,太太年轻貌美,刚生了女儿。"

颜亦明回过来一个微笑的表情。空空不忍心告诉他,在年轻人看来,那个表情是讽刺,是阴阳怪气,是不出声地骂人。

"你放心吧,我过得没那么好,刚刚还在烦心公司的事。"

空空及时遏制住了自己,没有问"怎么了"。她知道他不会说,但她大概能猜想得到:这个时间点还没有睡觉的,要么是最成功的人，要么就刚好相反，他很显然属于后者。就在她迟疑的分秒之中，颜亦明的信息又发过来了。

"今年春节我妈去给我算了个命，你猜'高人'怎么说？"

"嗯？'高人'看谁都非池中物。你不会真信吧？"

"'高人'说我命中无富贵，你说我该不该信？！"

"哈哈哈，我还指望你飞黄腾达呢。"空空能想象到颜亦明在另一边也同样发出了短促的笑声。

他们的对话停留在这里，既没有说再见，也没有说晚安。

空空再次倒回寂静和黑暗中，她知道了答案。

陈可为是清楚地了解自己的人，沈枫是天生拥有好运气的人，他们有个共同点——都是聪明人。而颜亦明和他们的不同之处在于，他既没有沈枫天赋的幸运，又没有陈可为的自知之明；他既像推石头的西西弗斯，又像和风车战斗的堂吉诃德。

他永远不会变成沈枫——空空一时不知道该开心还是难过——那种傲慢是需要资本的，只属于成功者和赢家。她知道这样说未免太过于残忍，可是，他的清澈疏朗恰恰都来自他的不得志和反反复复的失败。

空空想：我终于明白最核心的矛盾是什么了——在漫长昏暗的岁月中，我深深爱着的是这个失败的你，而你想要抹去和改造的也是这个失败的自己，这就是我们之间永远也无法解决的问题。

空空在这透彻的领悟中流下泪来,比上次因为写不出小说还难过。然而,当她慢慢平息下来,发现自己全无睡意之后,她洗了个脸,又坐回到了电脑前。

没有任何理由去见颜亦明,即使她现在又是一个人了,不再有背叛任何人的道德包袱了,她也仍然无法迈开脚步。在那次离开上海的时候,她就明白了,如果她再见颜亦明,就一定要有一个于人于己都有意义的契机,要光明,要坦荡,而不是像两只落败的野兽,仅凭着脆弱的爱或者性来维系他们的关系。

长久以来,她无时无刻不在想念他。他已然算不上人生的强者,可她绝不能以更弱者的面目去见他,空空告诉自己,她至少得完成点儿什么。她必须有一张更坚毅的面容,更坚实的成就来支撑她的背脊,以平等的姿态再出现在他面前。

她开了一个新的文档:

> 我骑着这辆老旧的黑色单车,骑向母亲说的她曾无数次梦见的那个银色湖泊。我紧握着车把的双手因为太过用力而暴起青筋,肋下传来剧烈的疼痛,汗水模糊了双眼,这个时刻我又钻回了少年时的躯壳之中。我的双脚越蹬越快,背上生出双翼,连带着身体和车子一齐离开了地面。
>
> 在风驰电掣之中,少年变成了一只白色的大鸟,飞往世界尽头——他知道,那里的黄昏有十八个太阳,到了夜晚,他将栖息于银河。

空空写完这一段,将文档另存于文件夹里。这是她提前写好的结尾,对于整篇小说来说,这只是一个零件,可是创作的过程不正是这样一点点锤炼,一点点删减,一点点拼凑,最终达到完整吗?

她重新打开正文,把标题处的"惨绿少年"删掉,换成了另一个短语——"直到世界尽头"。

(5)

"你小的时候,有没有幻想过,将来会遇到一个男人,把你人生中所有的问题都揽过去,帮你扛着,帮你解决掉?"

"没有,"宝音不假思索地说,"我知道人生有千万种可能性,但这种可能性对于我来说几乎是绝缘的。况且人生的问题千奇百怪,没有哪一个男人能强悍到全都解决,比如说,我生病这件事……哪个男人能替我上手术台?"

她有种天然的冷静,这一直让空空很羡慕。

空空盯着宝音——她正在用刀切一块贝谷面包,那副费劲的样子几乎比得上劈柴——空空下意识地揉了揉自己的颌骨关节,最近这个部位老是发出轻微弹响,她在网上查了一下,都说诱因可能是精神压力过大,建议尽量不要吃太硬的食物。

她自己面前的盘子里是柔软的香蕉松饼,配上黄油,甜得发腻,她勉强吃了两口就再也没碰过叉子。这家餐厅是宝音提议要来的,据她说是早午餐做得非常好。

"天啊,我上次来的时候觉得很好吃啊……"宝音还在和那个面包较劲,"喜欢的地方果然不能去第二次,回忆里的美味是很难再现的。"

"也许上一次也没那么好吃吧,"空空挑了挑眉,把自己的盘子往宝音那边推了推,示意她试试这个,"我想可能是因为那天你心情特别好,所以觉得什么都好。"

宝音在回忆里短暂地过滤了一下,承认空空说得没错,那天的食物,那天的奥斯汀玫瑰,那天的叶柏远……每个细节都太妥善了,像是故意要构造一个骗局。

"欸,你知道吗?叶柏远的女儿出生了。"宝音说。

空空摇了摇头:"那个人如果不是你的伴侣,关于他的事我可是一点儿都不好奇了。"她早就把叶柏远的微信删掉了。

过了一会儿,空空说:"我也讲一件你不感兴趣的事吧。元旦的时候,禾苏和陈可为一起回清城,他们见家长了。"

宝音沉默了片刻,毫不意外的样子。她经历过类似的事情,虽然有本质的区别,但形式毕竟是接近的,因此她自认为多少能够理解一点儿空空的心情。

"挺好的,现在我们都是不受欢迎的前女友了。"宝音开玩笑说。

出乎意料的是,空空没有笑,她脸上露出了惆怅的神情。宝音并不真正明白她的感受,她有些轻微的遗憾——在本来朋友就不多的北京，她同时失去了两个朋友——尽管她和禾苏之间的关系原本就有点儿微妙，可当她们的关系真的变成了一种禁忌的时候，她仍然感到无所适从。

空空是在非常尴尬的情形下得知这件事的。

为了不破坏写小说的连贯性和手感，元旦假期，她独自留在北京。一月的第二个晚上，她刚打开外卖的饭盒盖子，手机震动了一下。

消息来自前几年为了聚会而建的同学群，里面已经七嘴八舌讨论了一大堆。空空平时从不点开这个群，但今天有人特意点出了她："@碧薇 你们都在北京，你肯定早就知道了吧？"

什么事？她不明所以，手指往上连着滑了好几下，这才知道他们正在兴致高昂讨论的是陈可为和禾苏，据说这次回来的主要目的就是拜访双方父母——空空愣住了，她当然想到了会有这一天，但她不知道会来得这么快。

这么短的时间之内，他们就进展到这一步了吗？她觉得不可思议，惊诧大过了其他的情绪。

又有一个人说："肯定是他们不让你告诉我们，@碧薇 我说得对不对？"

她掐着眉心，把握不好分寸，不知道自己该说什么，一时间连呼吸都变得滞重。

空空把外卖忘在了一边，走到窗户边上，用力地推开了窗。

为了防止意外事故发生,这种公寓式的楼房窗户最多只能推开二三十厘米宽,但这也足够了。呼啸的冷风瞬间灌满了房间,带来了新鲜的氧气,空空深吸了两三下,冷空气直冲脑门。

这下,她从停滞的思维中苏醒了。

再一看,提到她的那几条信息早已经被刷到前面去了。其实根本没人在意她回不回答,没人在意她是否参与到他们如火如荼的八卦中来,大家只是太无聊了,任何一桩或远或近的新闻都可以成为他们的谈资,调剂平淡寡味的生活。

忽然,空空心里一动,点开了禾苏的朋友圈——与此同时,她想起,自己的确有很长时间没看到禾苏的动态了,这太反常了不是吗?要知道,禾苏一直都是朋友圈里最活跃的人。

什么也没有,白茫茫一片。空空马上就明白是怎么一回事了。这样反而更好,她长长地呼出一口气:这是禾苏的决定,而我只需要接受这个结果罢了。

当天更晚些的时候,空空按照原定计划写完两千字之后,把家里的垃圾收拾到一起,拎到楼下扔进了大垃圾桶。

第一片雪花落在她的鼻尖时,她还以为是错觉。大概是冬雨或者小冰粒吧,她一边这样想,一边仰起了脸,霎时,只见铺天盖地的磅礴的白色压了下来。就在这时,她失去平衡,一个趔趄,跌进了掉光了叶子的灌木丛里。

应该趁着没人看见赶紧爬起来,奇怪的是,空空心里明明也是这样想的,但身体却没有动。

她依然仰着脸，静静地看着，雪花像揉碎了的纸和碾碎了的银，纷纷扬扬地落下，很快就在地上积起了薄薄的一层。

北京的雪和清城的雪是不同的。空空记得，清城的雪，即使一朵也让人感觉很重很沉，像是含了一整年的泪，落到地上，顷刻就化成了水。而北京的雪更绵密，也更轻盈，因为气候干燥的缘故，用脚一踢，还能飞起来。

她听见一两声痴痴的笑，原来是自己嘴里发出来的。现在这个场面太滑稽了，她像只四仰八叉的动物，即使周围一个人也没有，还是感觉有些丢脸。

不知从哪扇窗口传出来一声惊呼："哇！下雪了！"紧接着，更多窗口传出了同样的欢呼声："下雪了，真的下雪了！"

空空赶紧挣扎着从灌木丛里爬了起来。她拍了拍身上的土，坏心情已经一扫而空。先前那种和熟悉的世界隔绝开来的孤寂感，被连续的惊呼声打破了，她又重新回到了欢腾和喧闹里。

她拿出手机，依序做了三件事：退出了同学群，删除了禾苏和陈可为，最后，她给妈妈发了一张自拍照。

"妈，北京下雪了。"

到了一月中旬，空空的小说写完了。从她正式进入状态开始算起，总共花了三个多月的时间，最终成稿五万多字，一个不长不短的中篇。也就是说，平均算下来，每天真正能保留下来的内容不到两千字，更不要提她之前走的那些弯路，那些早就从回收站里删掉了的废稿。

她把小说发去了宝音的邮箱，又额外发了一条微信："我知道它不够好，但希望不是特别糟糕。"

宝音开完会回来，看到信息，没急着回，她脑子里还在思考刚才的事：公司今年有好几个砸了重金的大项目都没有取得预期的成绩，到了年末，大家都有点儿面上无光。会议结束之后，领导把她单独留下聊了一会儿，虽然没有明说，但弦外之音是明年会有战略性的调整，可能会考虑单独辟一个团队出来，再成立一家子公司，负责开发和制作一些精致、文艺、更具实验性、主要受众是年轻人的内容。

宝音被那个几乎是明示的暗示刺激得兴奋不已，她竭力克制，才没有当场表态"我愿意过去做负责人"，但她换了一个委婉的说法："我目前是单身，未来两年之内没有结婚的计划。"

领导笑了笑，眼神里透出一种"和聪明人打交道就是舒服"的欣赏。

出去吃午餐之前，宝音先将邮件里的附件下载下来，扫了一眼小说的标题《直到世界尽头》，咦，空空喜欢村上春树吗？

坐在简餐店里，宝音的思绪和注意力仍然集中在明年的工作计划上，倒不是说她不重视空空的小说，可是相比之下，她自己的人生目标当然更加重要。况且，宝音认为，如果时机恰当，说不定我还能把空空的小说拍成剧集，或者电影。

怀着这样愉悦的心情，午餐结束之后，宝音回到了办公室，打开了下载完成的文档。她先看了一下字数——五万多——有点儿尴尬。她原想着,她可以帮空空联系几个做出版的朋友,试试看能不能出书。可是这个篇幅,独立成册几乎是不可能的了,如果要出书,起码还得写一两个中短篇小说来凑一凑。

但没关系,只要写得好,放在网上供人阅读也是不错的选择。现在这个时代早已不同于从前了,才华无须受制于载体,世上的平台有千万个。

宝音认真地看了起来。

小说的主人公是一位男性,二十五岁,住在南方一个小城市。他读完高中之后就没有再继续念书,在社会上瞎混了两年之后,二十岁的他向亲戚们借钱,开了一家音像店,既租碟也卖碟,后来因为生意太过惨淡而只能草草关张。为了偿还开店欠下的钱,他去考了驾照,成了一名出租车司机。

因为年轻,精力旺盛,他大部分时候都是开夜班,从酒吧、夜店和车站拉客人。有天晚上,一个喝多了的中年男人拖着一个年轻女孩上了他的车,中年男人醉醺醺地说出了一个快捷酒店的地址,之后便在后座对那个女孩儿动手动脚。

他从后视镜里看到女孩求助的目光,短暂的犹豫过后,他将车停在了一个灯光昏暗的巷子口,打开车门,揪住那个臭烘烘的中年男人的衣领,把他从车里拖了出来,扔到了路边,扬长而去。

他后来才知道，那个女孩儿的实际年龄比她看起来要大，她是一位单身母亲，为了抚养孩子，不得不做好几份工。

…………

看到中段，宝音才慢慢相信，这竟然是一篇爱情小说。只是故事的背景、环境都离她的生活太远了，又是男性视角，所以她很难代入自己，获得共鸣。尽管如此，她的目光却无法离开电脑屏幕。

尤其是看到那两个人第一次发生关系，彼此都因为太紧张而差点儿哭出来的时候，宝音的脑海里放映出了具体的影像。楼下是喧闹的夜市，烧烤的油烟随着蒸腾的热气从窗户缝里飘进来。老旧的吊扇在发黄的天花板上慢悠悠地转动，床铺咯吱作响，两双廉价的塑料拖鞋被踢得东一只西一只，女孩的背部弯成一只小船的弧度，皮肤蒙着一层细细密密的汗，折射出晶莹的光芒。

宝音吸了吸鼻子，她仿佛闻到了出租屋内潮湿的霉味。

她拨了两下鼠标的滑轮，继续往下看。

空空整个下午都在等待宝音的回应，五万多字而已，需要看那么久吗？一定是我写得太差了，她没法对我说实话。到了快下班的时候，空空做出了这样的判断。

也说不上特别失望，她对此有一定的心理准备，之所以会抱有强烈的期待，或许是因为她的生活里已经很长一段时间没有发生好事情了。

空空原本希望这篇小说能让她这磕磕绊绊的一年有个还算过得去的句点，但现在看来，好像也失败了。

前两天老板找她谈了些工作的事，概括来说，就是开年之后公司要做一些内部调整，几乎已经决定了要将她带的这个小团队打散，人员分去其他部门。空空也明白，她和琪琪、晓楠在公司里的确像是吃闲饭的。光景好的时候没人会计较多出几份人工，但随着行业内的上游和下游都极速收缩，她们这些夹在中间的人自然也就成了累赘。

老板依然是用老师的心态看她，尽量想要优待她："节后回来，你去新媒体部做运营怎么样？工作内容和你以前在周刊做的差不多，对你来说不是什么难事。"

空空犹豫了一下，问："那她们俩呢？"

"你找个机会和她们谈谈呀，她们要是乐意，你继续带着也行，不过肯定比你们现在的任务重，有考核的。"

空空沉吟着，没有立刻做出反应。对于老师的善意，她不是不领情，但如果转去做新媒体运营，她当初又何必来北京？一直留在周刊的话，她现在差不多能升主编了。

老师盯着空空看了好一会儿，心里暗暗有些诧异：这个姑娘是如何做到依然保留着在清城时那股青涩的文青气质的？她似乎一点儿都没有进化，还是那么笨拙、胆怯、犹豫不决，但话说回来，在这个年代，能够维持本色也挺了不起了。

"要不要介绍几个条件不错的男孩子给你认识一下？"

空空吓了一跳，怎么突然从工作说到了这个，她连连摇头："不用了，我现在没精力，也没心情。"

"什么？你现在的工作任务有这么重吗？"老师被她逗笑了。

"不是的，我……"空空又露出了那种招牌的、羞怯的表情，"我晚上在家写小说。"

这件事成了空空抵挡一切的盾牌。她躲在这块盾牌后面，无论是分手也好，和朋友决裂也好，还是对颜亦明的思念也好，全都影响不了她。

只有一件事可以伤害她，就是这块盾牌本身不够坚硬。

到了下班时间，宝音直接打了电话过来，她说："空空，晚上一起吃饭吧，我过来接你。"

一路上，宝音花了些时间斟酌措辞，她想要尽量诚实地表达自己的看法，但又担心自己毕竟不够专业。事实上，从她的角度看，这篇小说写得不算特别好，但绝对不差。空空不是文字天才，她有点儿老派，拘泥于传统结构，没能创新出一种新的语言和新的形式——有些作家并不擅长情节或文笔，但胜在格局开阔，自成一派——但空空的创作很显然囿于某种固定而陈旧的模式。

即便如此,宝音还是觉得,空空没有丢失她的长处,她的温柔细腻和少年情怀都在文字间展露无遗。其中有一个情节是,主人公的母亲出狱之后,想给他做一顿饭,可是怎么也打不着燃气灶的火。母亲握着锅铲委屈地哭了起来,一边哭,一边小声念着:"怎么连煤气灶也欺生啊……"

看到这里的时候,宝音感到胸口的压抑难以排遣。

她想,也许不会有太多人喜欢这篇小说,但它对于空空自己是有着巨大的意义的,因此,她对空空的鼓励也是有意义的:"我们也许不在同一条船上,但我们在同一场风暴里。"

她们去了一家火锅店,在等待红油锅煮沸的时间里,宝音毫无保留地对空空讲述了自己在看完那篇小说后的感受。空空没怎么说话,像个害羞的学生。

"总之我觉得,第一次就能写成这样已经很厉害了,以后你可以试试再写几篇别的,或者是写一个长篇。"

"其实我不应该这么在意你的反馈……一个作品的气象究竟如何,创作者自己应该最清楚,"空空从锅里捞出煮好的鱼片,"我下午去洗手间的时候照了一会儿镜子,觉得自己脸上的得失心好重,哈哈……"

她们没有再讨论小说的事,再仔细想想,连感情的事也都只是空白。空空和宝音交换了一下眼神,是因为年关将至吗,彼此的脸上都有点儿惆怅。

"如果明年真的安排我去新公司做负责人,你要不要考虑过来帮我？"宝音问。

空空不假思索地拒绝了："我们还是单纯做朋友吧，我可承受不了自己再失去一个朋友了，尤其是你。"

"那年后你真的打算换部门？"

空空举着筷子的手悬在半空中，一时不知道该继续伸向沸腾的锅里，还是收回来。这些天以来，她一直在逃避思考"未来"这件事，完成了小说的亢奋像致幻剂一般暂时麻痹了她的知觉，而此时此刻，借口用完了。

她想起——好像还是在不久之前——她和宝音、叶柏远坐在一个种满了荷花的池塘边，喝着冰凉的饮品，后来陈可为也来了。那晚月光明亮皎洁，云在风中流动，有一两分钟的时间，他们谁也没有出声。那是他们四个人唯一一次在一起出现，往后再也不曾有过那样的场景。

原来，这就叫作"当时已惘然"。

"以后的事，我没有想太多，我一直都是走一步看一步的，"空空说，"也许到了明年开春的时候，我就知道自己要往哪里去了。"

宝音微微一笑，该说空空傻呢，还是大智若愚？她忽然想起了那篇小说的标题："对了，你为什么用《直到世界尽头》做名字？是村上春树？"

空空怔了怔："啊……不是，是《灌篮高手》。"

她们同时笑出声来。

宝音将空空送回住处。在空空下车前,她本想问"你愿不愿意春节和我一起去旅行",但她最终之所以没有这样做,是因为她忽然意识到——这是长久以来她第一次有机会自己一个人出去,不用和任何人一起,不用迁就和照料任何人——这是她来之不易的自由。

经历了分手,失去了一部分身体组织,现在的周宝音是一个新的自己,要去看看新的风景。她把险些脱口而出的那句话咽了下去,换成了另外一句:"空空,我想告诉你,我很喜欢你的小说。而且,你会越写越好的。"

空空回以一个平静的微笑,她觉得说谢谢有点儿多余,于是就干脆什么也不说。

元旦的那场大雪至今没有融尽,残雪结成的冰在地面上冻得很结实,如果不小心踩到肯定会滑倒,空空还记得那天晚上的教训,所以她只好小心翼翼地,用极其滑稽的姿势慢慢往家挪动。

进门之后,她闻到自己的衣服上、头发里还残留着浓重的火锅味儿。按理说,她现在应该赶快洗澡换衣服,把自己弄得干净一点儿。可不知道怎么回事,就像那天晚上摔进了灌木丛里似的,窝在沙发上的她,一点儿起身的劲头都没有。

空空依稀记得,冰箱里好像还剩了半瓶桃子酒,正好可以用来解火锅的腻。

她端着杯子,刚喝了两口,手机就亮了。

"春节你回清城吗？我会回。"

她想了想，决定暂时不去管它。

不仅是这条微信和发微信的那个人，还有她的小说、明年的工作变动……这些想也想不清楚的事情，她先通通丢到了一边。

人生中至少要有一个夜晚只属于你自己。

李碧薇现在什么话也不想说，什么人也不想见。她只想专心地把这半瓶酒喝完，不被任何人打扰。

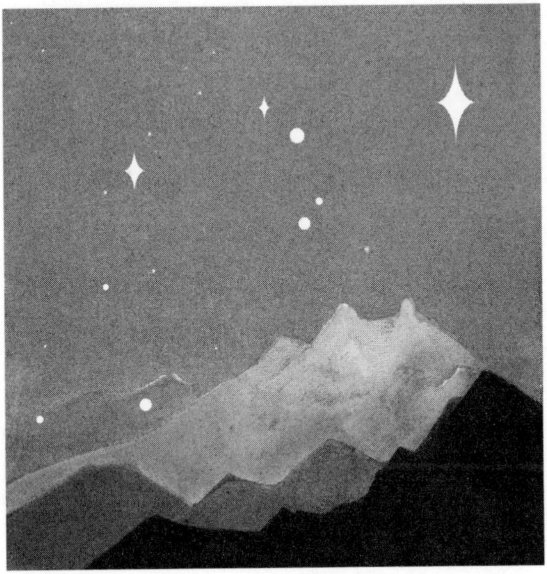

后记

我上一次写长篇小说已经是四五年前的事情。

在这期间,我写了随笔和游记,常用的笔记本里也有许多平时攒下的、想要用在小说里的情节和句子,可因为我一直处于某种焦虑中,所以迟迟没有开始。

至今清楚地记得,是在一次赶早班机的途中,"空空"这个名字突然闯入了我的脑海,就像是长久地被掩埋于昏暗中,在灰尘里,终于被我发觉到了其存在。我在那个寂静的清晨与空空迎面相遇,几乎没有一点儿犹疑地就确定了她会是我下一本小说的主角。

或者说,我在下一本小说想要书写和表达的一切,应该是由她来叙述。

在我还很年轻的岁月里,"文青"是一个具有些许理想主义光芒的称呼。或许在某种意义上，我对它的理解比较粗浅，但无论如何，在过去的那些年月里，我一直都很认真地做着我所认为的文艺青年要做的事情：阅读文学作品，做读书笔记、段落摘抄，也警惕着流行文化对语意和语境的影响。无论是在日常生活还是在旅行中，保持敏感，仔细观察人和人所制造的细节，尽量以文字的形式做好记录……对于一个天分不算很高的写作者来说，这些现在看来有些迂腐的习惯，其实仍然起到了自我训练的作用。

即便如此，我却从来没有写过一个文青式的女主角。

回想起来，大概是因为，就连我自己也觉得，这样的女主角并不可爱，相反，她的性情当中一定会有些被人看成矫情、造作甚至尖刻的特质。即便是在现实生活中，这样的人也是不好相处的，而比起和外部环境的冲突，更深层次的矛盾其实往往源于他们的内心。

一个连自己的情感和生活都处理不好的人，如果写进小说里，谁又会喜欢她呢？可我在某个时刻忽然意识到，我已经是一个比较成熟的作者了，我应该有勇气创作一个不讨人喜欢的角色，塑造一个有缺点，有让人难以忍受的毛病，但生动和真实的形象。

就是在这样反复自我拉扯的过程中，李空空这个人物的大致轮廓得以确认。

起初我打算用最擅长的第一人称来写这篇小说，然而写废了一部分稿子之后，我察觉到，这仍然是一条我验证过、知道肯定行得通的老路。所有的创作者都明白这个道理——重复是一种安全但毫无意义的方式，于是在浪费了一些时间之后，我做出了调整，改为以第三人称的视角来写。尽管这不见得能完成得更好，但对于我终究是一种全新的试炼。

相较于我过往的小说，这篇小说当中的人物角色数量要少很多，也没有更复杂的支线和情感纠葛，甚至没有很明确的男主角。自始至终，真正从纸面凸显的只有空空和宝音这两个女性角色。这也就意味着，它失去了横向扩展的可能，只能纵向地往人物的内心深处挖掘。而这种写法，我觉得比起写欢腾热闹的一大群人，更加耗费心神，也更加考验作者的耐心和笔力。

李空空和周宝音这两个女孩，生长环境不同，性格也大相径庭，但在相近的人生阶段，她们有着同样的困境和自我矛盾。在小说中，从宝音的视角点明了这一点：我们虽然不在同一条船上，但我们在同一场风暴里。

而在小说的结尾，她们的工作、情感和对自我价值的追求，都不是尘埃落定的状态，像是命运特意做出的留白。这恰好也是我在不断成熟的过程中所领悟到的事情：如果将人生看成一条高低起伏的山脉，年岁增长不过是其中一个又一个垭口，你很难预测未来会发生什么事，会遇到什么人，一切都不在掌控中。

人要明白无常，理解无常，并且真正接受它。

这本书我是在北京写完的。因为疫情的缘故,我既不能回长沙,也不能出去旅行,因此反而拥有了一大段完整而安静的时间来写它,修改它,直至完成。书中的城市背景虽然是北京,我却很少着墨描述它,一是因为随着社会变迁和互联网对人们生活的渗透,城市与城市的区别已经不像从前那样分明,而那些细微的差别与感受,对于小说没有太大影响;二是因为在李空空和周宝音的故事里,她们面对的最重要的问题是时间,而不是空间。

空空的家乡清城,这个地名是虚构的,它糅合了好几座我喜欢的南方城市的气质,多雨,潮湿,小小的,生活便利,人与人之间没有距离感,与北京快节奏高效、干燥、疏离的城市氛围形成对比。

无论是在大都市还是小城镇,人的迷惘和无措的分量是同等的,我想到最后空空会明白这件事——最先要解决的不是往哪里去,而是搞清楚,我是谁。

小说中我私心偏爱的部分是空空和颜亦明的故事,他们甚至都不算在一起过。这种不知该如何定义的情感既脆弱又坚牢,看不清究竟从何而起,也不知将往何处去,空空正是从这样茫然而痛苦的情感里逐渐认识了自己,也认识了人生。

我不习惯为作品提前预设一个明确的主题,是因为我始终相信随着人物命运的展开,小说的主题会自然显现。这本也是一样,很多时候,我觉得是空空和宝音带着我在走,带着我梳理过去的困顿和一些至今都没有想清楚的问题。

时至今日，我仍然认为，写小说的幸福感和满足感远远超过其艰辛。

在这篇小说还只有一个名字的时候，我曾经对一位资深的前辈说起我在写作上的短处，我认为自己的文字太过朴素，在情节方面缺少大起大落的戏剧性，也缺少宏大叙事的格局。而他的回答是，你就按照自己的风格去写，写你的平凡人，写你的平凡的世界。

很感谢他这样说。

我正是在空空这样一个总和自己闹别扭的人物身上，体会到了这件事：一个外表看似极其普通的人，灵魂可以何其汹涌。

谢谢读到这里的你。

在自由非常受限的时期，在低落和消沉的日子里，我读了很多以前总是没有耐心读完的书，每读完一本，我都感觉到有一道光束投射进了黑暗的洞穴。如此，无论身在何处，心灵都得以安慰，不致被孤独侵蚀。

希望这本书也能成为你的微弱光束。

独木舟
2020 夏 北京

独木舟
本名：葛婉仪
作家

出版作品

小说
《深海里的星星》
《深海里的星星 II》
《我曾赤诚天真爱过你》
《一粒红尘 昭觉》
《一粒红尘 乔楚》

随笔散文集
《我亦飘零久》
《万人如海一身藏》
《荆棘王冠》

短篇小说集
《你是我的独家记忆》

绘本
《孤单星球：遇到另一个自己》

新浪微博 @独木舟葛婉仪
微信公众号：独木舟/dumuzhoujojo

此时不必问去哪里

产品经理｜曹俊然　　装帧设计｜付诗意
责任印制｜梁拥军　　技术编辑｜丁占旭
营销经理｜杨　帆　　出 品 人｜路金波

图书在版编目（CIP）数据

此时不必问去哪里 / 独木舟著. -- 济南：山东文艺出版社，2020.9
ISBN 978-7-5329-6124-5

Ⅰ. ①此… Ⅱ. ①独… Ⅲ. ①长篇小说－中国－当代 Ⅳ. ① I247.5

中国版本图书馆CIP数据核字（2020）第179140号

此时不必问去哪里
CISHI BUBI WEN QUNALI

独木舟 著

主管单位	山东出版传媒股份有限公司
出版发行	山东文艺出版社
社　　址	山东省济南市英雄山路189号
邮　　编	250002
网　　址	www.sdwypress.com

读者服务	0531-82098776（总编室）
	0531-82098775（市场营销部）
电子邮箱	sdwy@sdpress.com.cn

印　　刷	河北鹏润印刷有限公司
开　　本	1230毫米×880毫米　1/32
印　　张	8
印　　数	85,001—115,000
字　　数	164千
版　　次	2020年9月第1版
印　　次	2020年12月第4次印刷
书　　号	ISBN 978-7-5329-6124-5
定　　价	48.00元

版权专有，侵权必究。